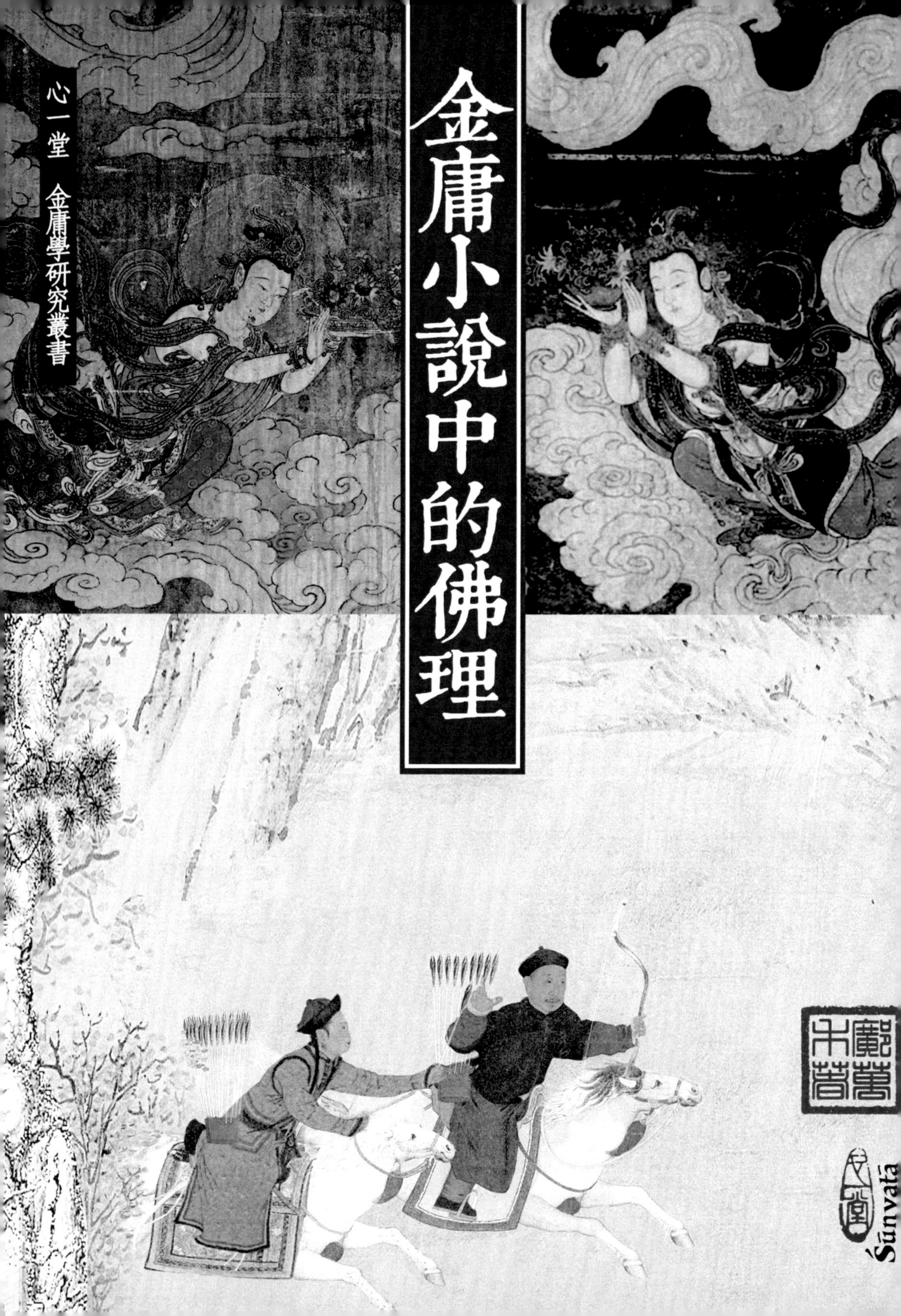

心一堂　金庸學研究叢書

金庸小說中的佛理

鄺萬千著

Śūnyatā

書名：金庸小說中的佛理
系列：心一堂　金庸學研究叢書
作者：鄺萬禾
執行編輯：心一堂金庸學研究叢書編輯室
封面設計：陳劍聰

出版：心一堂有限公司
通訊地址：香港九龍旺角彌敦道610號荷李活商業中心十八樓05-06室
深港讀者服務中心：中國深圳市羅湖區立新路六號羅湖商業大廈負一層008室
電話號碼：（852）67150840
網址：publish.sunyata.cc
電郵：sunyatabook@gmail.com
網店：http://book.sunyata.cc
淘宝店地址：https://shop210782774.taobao.com
微店地址：https://weidian.com/s/1212826297
臉書：https://www.facebook.com/sunyatabook
讀者論壇：http://bbs.sunyata.cc

版次：二零一九年三月初版

平裝

定價：港幣　八十八元正
新台幣　三百四十八元正

國際書號　978-988-8582-43-3

香港發行：香港聯合書刊物流有限公司
香港新界大埔汀麗路36號中華商務印刷大廈3樓
電話號碼：（852）2150-2100　傳真號碼：（852）2407-3062
電郵：info@suplogistics.com.hk

台灣發行：秀威資訊科技股份有限公司
地址：台灣台北市內湖區瑞光路七十六巷六十五號一樓
電話號碼：+886-2-2796-3638　傳真號碼：+886-2-2796-1377
網絡書店：www.bodbooks.com.tw
台灣秀威書店讀者服務中心：
地址：台灣台北市中山區松江路二〇九號1樓
電話號碼：+886-2-2518-0207
傳真號碼：+886-2-2518-0778
網址：www.govbooks.com.tw

中國大陸發行　零售：深圳心一堂文化傳播有限公司
地址：深圳市羅湖區立新路六號羅湖商業大厦負一層008室
電話號碼：（86）0755-82224934

心一堂微店二維碼

心一堂淘寶店二維碼

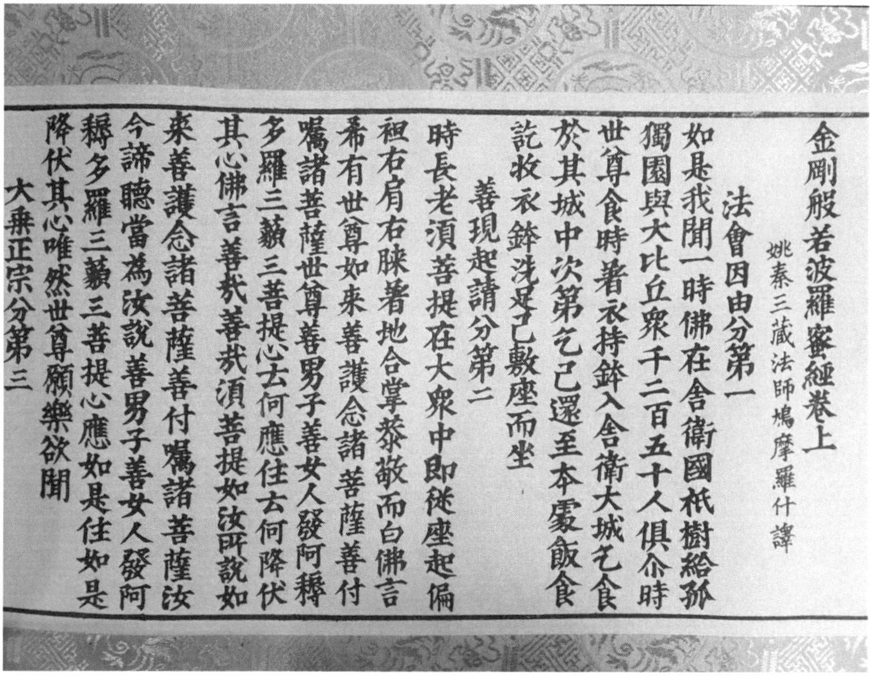
金剛般若波羅蜜經卷上
姚秦三藏法師鳩摩羅什譯
法會因由分第一
如是我聞一時佛在舍衛國祇樹給孤
獨園與大比丘衆千二百五十人俱尒時
世尊食時著衣持鉢入舍衛大城乞食
於其城中次第乞已還至本處飯食
訖收衣鉢洗足已敷座而坐
善現起請分第二
時長老須菩提在大衆中即從座起偏
袒右肩右膝著地合掌恭敬而白佛言
希有世尊如來善護念諸菩薩善付
囑諸菩薩世尊善男子善女人發阿耨
多羅三藐三菩提心云何應住云何降伏
其心佛言善哉善哉須菩提如汝所說如
來善護念諸菩薩善付囑諸菩薩汝
今諦聽當為汝說善男子善女人發阿
耨多羅三藐三菩提心應如是住如是
降伏其心唯然世尊願樂欲聞
大乘正宗分第三

影宋木刻《太平天壽金剛經》

《太平天壽金剛經》原由宋代皇帝御刊，現由中國非物質文化遺產傳承人沈樹華老師雕刻，耗時三年時間，字大如錢，古勁而雅。限量發行。

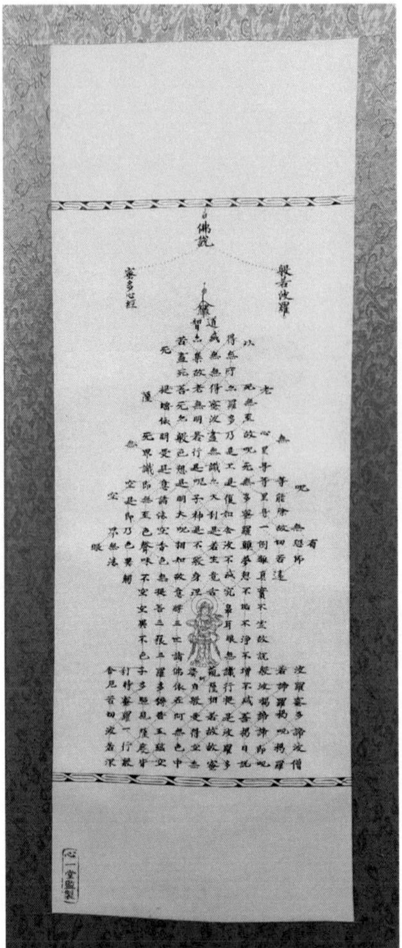

影唐代寶塔型心經

原藏於法國國家圖書館，此為古法人工木刻四色套印，影刻唐代寫本，由國家工藝美術大師江蘇省代表性技藝傳承人沈樹華老師本工，雕刻細緻入微，已經看不出刀法的痕迹，完全還原保留唐楷的韵味，配亞麻錦盒，古樸簡潔。心一堂監製。

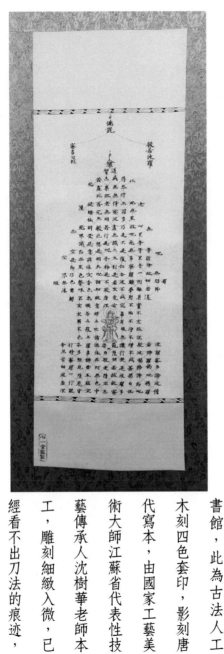

鄺萬禾與金庸合照（二零零三年於嘉興）

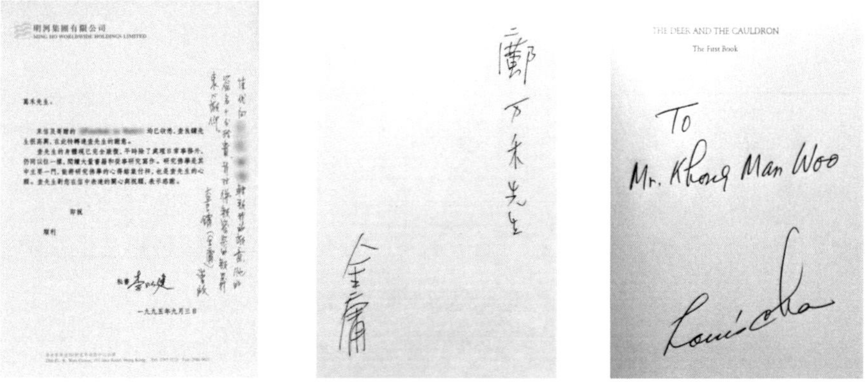

金庸給鄺萬禾的回信及贈書題簽

二零零三年浙江嘉與金庸小說國際研討會大合照。前排右九為金庸，第三排右一為潘國森，後排中間偏右最高者為本書作者。

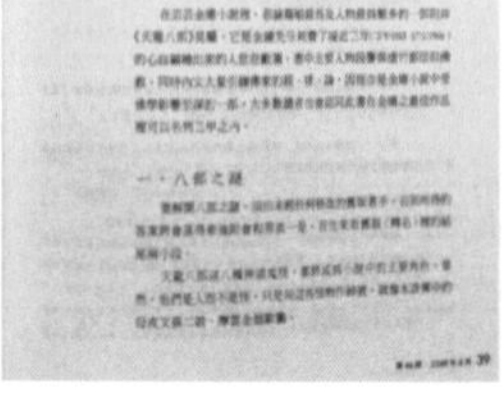
2005 年新修版
《天龍八部》的慈悲胸懷

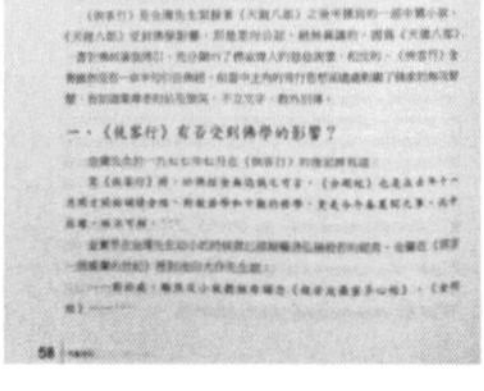
2004年新修版《俠客行》與般若中觀淺釋

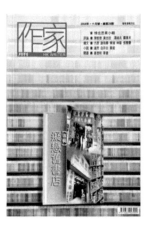

一、《俠客行》有否受到佛學的影響？

鄺萬禾已發表的金庸學研究文章

潘序

二十世紀中國最偉大的小說家、海寧查良鏞先生以九旬以外的高壽辭世，他以「金庸」為筆名撰寫的武俠小說必定是今後中國人一見「金庸」兩字，便立刻想到的成就。他的小說必然蓋過了九十多年來他別的功業，雖然寫小說以外的金庸，還曾經為他身處的時空、在其他領域貢獻良多。

老人家走了，大家都少不免悼念一下，筆者卻以為生、老、病、死都是人生必須經歷，我們紀念這位偉大的人物也絕不必過於傷感，「讀好金庸（小說）、讀懂金庸（小說）」就是對「明教金教主」、「武林盟主查大俠」的最崇高敬意。

筆者在上世紀七十年代初讀金庸小說，學習金庸、研究金庸，竟然成為人生一大讀書計劃、學習經歷和智力活動（intellectual activity）。

忽然有一日，附錄在修訂二版《天龍八部》陳世驤教授的兩通書信吸引了筆者的眼球！

金庸白紙黑字寫道：

……「熱切的」將此書（《天龍八部》）獻給陳先生。

這可是非常的、非常的不得了！

陳教授說：

……然實一悲天憫人之作也（指《天龍八部》）……

……書中人物情節，可謂無人不冤，有情皆孽……

……背後籠罩著佛法的無邊大超脫……

於是筆者就開始接觸一點佛學的入門基礎，然後就有了推介陳教授兩通信的文字，在一九九四年發表（見附錄《釋「陳世驤先生書函」》）。筆者雖然在「金庸學研究」的領域裡經常勇於「現炒現賣」、「自吹法螺」，但是涉及佛學佛法，還是要度德量力為宜。

本書從佛學、佛理的角度去賞析金庸小說佛法最高的《天龍八部》和《俠客行》。

談《天龍八部》的慈悲胸懷，即是陳世驥教授的「悲天憫人」；談《俠客行》的般若中觀思想……如此種種，不愧是以佛理研究金庸的接棒人，讀好金庸小說的佛弟子或會更有共鳴。而當年有幸得聆陳世驥教授講《天龍八部》的朋友如果有緣得見此書，會不會有甚麼回響？

筆者能夠與鄺萬禾醫生結識，超越了一個在香港、一個在馬來西亞的地理阻隔，當然完全是為了金庸小說的因緣。王勃詩：「海內存知己，天涯若比鄰。」我們當代人會有一番與前賢截然不同的體會。

萬禾與王怡仁大師、「愚夫愚大師」都是學醫，他們對金庸小說的熱誠相同，用心鑽營的領域卻相異。

查大俠老人家走了，會不會反而激發起海內外「金庸學研究」的後起之秀（三位大夫都比筆者年輕）都把他們精讀金庸小說幾十年、修練「金庸學神功」幾十年的成果與千千萬萬、甚至數以億計的讀者同道分享呢？

我們十分期待不斷會有新的驚喜，然後掩卷擊桌嘆曰：「連這個領域、這個範疇都有人研究！」

萬禾提到《碧血劍》、《雪山飛狐》、《鴛鴦刀》、《白馬嘯西風》、《連城訣》和《越女劍》都沒有觸及佛教哲理。其他各部在此補充一下，俾讀者能以本書與各小說對讀，更貼近金庸大師的創作意圖和成績。

《書劍恩仇錄》有南少林天虹禪師為紅花會總舵主陳家洛講《百喻經》，陳家洛以「救人危難，奮不顧身，雖受牽累，終無所悔」婉拒禪師的勸導。

《射鵰英雄傳》有歐陽鋒以圖說佛經故事「割肉飼鷹」，意圖擠兑一燈大師損耗功力救人，預先除去勁敵。

《神鵰俠侶》有一燈大師講《佛說鹿母經》，還驚嘆在死亡邊緣的小龍女「說出話來竟是功行深厚的修道人口吻」，能夠「參悟生死」。一老一少、一男一女的心心相印，大情聖楊過反而第一次感到與姑姑隔了一層，似是外人！

《倚天屠龍記》有創自《金剛經》的「金剛伏魔圈」與渡厄大師點化舊日的連環殺手金毛獅王謝遜。

《飛狐外傳》有圓性拒愛的佛偈：「由愛故生憂，由愛故生怖；若離於愛者，無憂亦無怖。」無獨有偶，《倚天屠龍記》也有小郭襄無意中聽到覺遠禪師都是在唸這幾句。

《笑傲江湖》有儀琳多次虔敬地唸誦《觀世音菩薩普門品》，感動了浪子令狐沖。

《鹿鼎記》則有晦聰方丈和澄觀老師姪讚嘆晦明僧（韋小寶）的驚人定力，晦聰方丈說小師弟「時時無心，刻刻不動」；老師姪則以《金剛經》的「無我相，無人相，無眾生相，無壽者相」比擬小師叔的大智！

陳世驤教授推崇金庸小說「惻隱佛理，破孽化癡」，讀者若要加入探討「金庸小說中的佛理」，相信還有廣闊無垠的空間！

期待繼陳教授、鄺醫生之後，還有更多發人深省的妙論高見！

是為序。

潘國森序於香港心一堂

二零一九年一月

自序

除了《碧血劍》、《雪山飛狐》、《鴛鴦刀》、《白馬嘯西風》、《連城訣》及《越女劍》六部短篇之外，每一部金庸小說都涵有佛教哲理。金庸擅長於其小說中渾成天然地滲入佛法，不多不少，恰到好處，予讀者沁人心脾之清涼與出世高瞻之灑脫。

不知是否巧合，佛教至關重要的三法印：「諸行無常、諸法無我、涅槃寂靜」就出現在金庸的第一部小說《書劍恩仇錄》中。第十九回裡天虹禪師對陳家洛道：「諸行無常，諸法無我。人之所滯，在以無為有。若托心本無，異想便息。」

這三個法印總結了佛法的大綱，同時亦是用來印證任何學說是否合於佛說的指標。金庸小說中，比較大篇幅涉及佛教思想的是《天龍八部》和《俠客行》。詳情請參閱本書內文。

此外，筆者也發現《笑傲江湖》一書，其表義是寫隱士與政治權力鬥爭：「無常、苦難、身不由己、齷齪」，但其內義實是以隱士來比喻出離世俗之心與涅槃。涅槃：常、樂、我、淨，「恆常、快樂、自由自在、清淨」之境。《笑傲江湖》的後記指出：「人生在世，充分圓滿的自由根本是不能的。解脫一切欲望而得以大徹大悟，那是佛家所追求的最高境界涅槃，不是常人之所能。……」故此隱士令狐冲的逍遙自在也是有限的，唯有達到涅槃彼岸，方有大圓滿的自由。

筆者接觸佛法雖已三十年，但礙於根器駑鈍，至今尚無半點證悟，只能「紙上談兵」。撰此兩篇粗淺文章，希望拋磚引玉，將來能有佛教大德對金庸小說作出比較精深的分析與探討。這兩篇文字的出現，主因是亦師亦友的潘國森兄之賞識和鼓勵。在此謹向他致以萬二分的謝意。

筆者與金庸先生在二〇〇三年十月嘉興金庸小說國際研討會中曾有數面之緣、乾過一次杯。緣份不深，但已足慰平生。

相信金庸先生現今經已化身在西方蓮花佛國裡精進學佛，笑傲淨土。

最後，以金庸先生〈談色蘊〉一文裡至為扼要的一段來作終結：

佛說色蘊，教導世人：

一、無常、苦——肉體的成長、衰老、疾苦、死亡，每個人都不能避免。這是生命的必然痛苦。

二、因緣、空、非我——身體的形成和消逝，是由於各種關係和條件（因緣），所以是「空」的。身體無常，不穩定、依賴於其他的關係和條件，不是自己所能控制，因此身體不是「真正的我」——非我。

三、解脫——要解脫生命中的大痛苦，得到永遠而真正的自由自在，第一步是正確認識肉體（色蘊）並非「真我」。

四、無住、無著——人生的煩惱，來自對色、聲、香、味、觸、法、一切人、事、物的貪戀關切，如能減少這種欲望和癡愛（無住、無著），煩惱就能逐漸消滅，有助於得到解脫。

鄺萬禾

二〇一八年十二月

第一章 《天龍八部》的慈悲胸懷

在十五部金庸小說裡，若論篇幅最長及人物最為繁多的一部則非《天龍八部》莫屬。它是金庸先生耗費了接近三年（一九六三年九月三日至一九六六年五月二十七日）的心血所編繪出來的人世悲歡圖。書中主要人物段譽與虛竹都信仰佛教，同時內文大量引據佛家的經、律、論①，因而亦是金庸小說中受佛學影響至深的一部。大多數讀者也會認同此書在金庸之最佳作品裡可以名列三甲之內。

① 編按：經藏、律藏、論藏，合稱「三藏」。三藏是佛教經典的一種分類法，經是釋迦佛所傳的教義；律是僧團生活的規則；藏是用更深入的方法闡明佛法。精通經、律、論的高僧都會被敬稱為「三藏法師」，亦有精通其中一部的又可稱為經師、律師、藏師。唐初高僧玄奘法師經常被稱為「唐三藏」。

一、八部之謎

要解開八部之謎，須由未經任何修改的舊版著手，否則所得的答案將會落得牽強附會和莫衷一是。首先來看舊版〈釋名〉裡的結尾兩小段：

天龍八部這八種神道鬼怪，都將成為小說中的主要角色。當然，他們是人而不是怪，只是用這些怪物作綽號，就像水滸傳中的母夜叉孫二娘、摩雲金翅歐鵬。

這部小說將包括八個故事，每個故事為一部。但八個故事互相有聯繫，組成一個大故事。①

而且，之前還特別說明：

①《天龍八部》〈釋名〉，香港鄺拾記報局。

……寫的是宋時雲南大理國的故事。①

由此可見，金庸原本的創作計劃是想寫在雲南大理國八個互相有聯繫的主要人物的故事。可是這連寫八個故事的心願，就像作者欲撰三十三個故事以配合《卅三劍客圖》的願望一樣，終究完成不了②。蓋金庸不甘受羈的生花妙筆帶引著他，馳騁出了大理國的疆域，使我們得以有幸的邂逅了燕趙北國的蕭峰與逍遙西陲的虛竹。

不過，沿著舊版〈釋名〉中「用這些怪物作綽號」這一條線索，依然可在舊版中找出若干個對號入座的人物：

天神（帝釋）——大理國保定帝段正明（舊版開場時段正明為段譽之父，武林中號稱「天南第一人」）。③

①《天龍八部》〈釋名〉，香港鄺拾記報局。

②《俠客行》新修版，……

③《天龍八部》（香港鄺拾記報局），第五回〈黑衣女子〉，第二一回〈地道換人〉

龍神——南海鱷神（於舊版裡，此君嗜挖食人心，名字叫做岳蒼龍，家在南海萬鱷島鱷神宮）。①

夜叉——「香藥叉」木婉清（在修訂版中被作者施展慕容氏「斗轉星移」之技變成了甘寶寶的外號「俏藥叉」）。

阿修羅——「修羅刀」秦紅棉。

迦樓羅（大鵬金翅鳥）——「一飛沖天」金大鵬（豪邁正派、三十左右年紀、國字臉、淡金面皮、雙目炯炯、身材高大、長臂長腿、輕功了得和使用單刀。他在成都的好友賣藥王老漢因治癒中了木婉清毒箭之人，為木婉清所殺。為了替王老漢討回一個公道，金大鵬追上在萬劫谷附近大屋逃脫眾人圍剿的木婉清與被她在馬腹下橫拖倒曳的段譽，在性格潑辣狠毒的木婉清手底下救過段譽三次性命。可能由於形像近似蕭峰，因此在修訂時給刪除了）。②

① 《天龍八部》（香港鄺拾記報局），第九回〈南海鱷神〉，第十回〈自述身世〉

② 《天龍八部》（香港鄺拾記報局），第六回〈橫施倒曳〉

縱覽全書，再也覓不出名號與乾達婆（樂神）、緊那羅（歌舞神）、摩呼羅迦（大蟒神）相對稱的人物，可知作者最終覺得局限過大，所以不僅沒寫成八個故事，甚至連「用這些怪物作綽號」這一意圖亦乾脆放棄了。故此「天龍八部」前後一共只出現過五部而已。

若要勉強湊足八部之數，只好穿鑿比附地把住在聽「香」水榭、體散幽香、精於易容改裝的阿朱說成是身發濃香、變幻莫測的魔術師乾達婆。寓居「琴韻」小築、擅長唱歌彈琴的阿碧則是善於歌舞的緊那羅。最後，人身蛇頭的摩呼羅迦是雲中鶴，證據惟在舊版中：

> 木婉清見這雲中鶴身材極高，卻又極瘦，便似是根竹桿，一張臉也是長得嚇人，笑起來時，一根血紅的舌頭一伸一縮，卻宛然便是一條蟒蛇。……[1]

[1]《天龍八部》（香港鄺拾記報局），第十二回〈望穿秋水〉

二、《天龍八部》的主題

金庸於《天龍八部》新修版的〈釋名〉裡言道：

本書內容常涉及佛教，但不是宗教性小說，主旨也不在宣揚佛教。……①

但在一九九四年十月廿七日，當北大學生問金庸《天龍八部》的思想主題是甚麼時，作者如是回答：

《天龍八部》表達一部分佛家思想：人生有很多痛苦，無可避免，但從另一角度看，遇到悲傷時要能平心靜氣地化解。對於世上的名利權力不要太過執著，對於人世間的種種不幸要持一種同情、慈悲、與人為善的態度。……②

① 《天龍八部》新修版，〈釋名〉

② 〈金庸談武俠小說〉，《明報月刊》，1995年1月號。

何以上述作者的解答會出現自相矛盾的地方？原因乃往昔金庸執筆《天龍八部》時只是想創作一些有血有肉的人物及豐富娛人的情節，並非要傳教或文以載道。金庸小說之所以大成，全在於作者勘破了「著意」兩字。《天龍八部》中濃厚的佛家慈悲精神是作者在不經意中流露出來的思想。當讀者閱畢全書，就能體悟這種超然、同情、憐憫、慈悲的筆調由始至終滲透全書的基層。

事實上，於第一回開場不久作者即已藉著段譽之口解釋慈悲的涵義：

段譽道：「……與樂之心為慈，拔苦之心為悲，喜眾生離苦獲樂之心曰喜，於一切眾生捨怨親之念而平等一如曰捨。……」①

而在最終第五十回則有一個總結論：

① 《天龍八部》新修版，第一回〈青衫磊落險峯行〉。

玄渡嘆了口氣，說道：「只有普天下的帝王將軍們都信奉佛法，以慈悲為懷，那時才不再有征戰殺伐的慘事。」……①

中間有段譽、蕭峰及虛竹的種種慈悲思想和具體的救渡行動作為注腳。

基本上，這三個不同國籍的結義兄弟的共同之處是他們處處為人著想的慈悲胸懷。段譽與虛竹是緣於從小受了佛經的熏陶。蕭峰雖沒受教過佛法，但因先天出身（遼人）和後天環境（在大宋境內成長立業）使得他對契丹人與漢人同時萌生了親厚之心，進而把這種狹隘的只對自己同族親愛之心擴展為對全天下人的慈悲關懷。

再加上慈悲心大動之虛竹為救段延慶而殺死自己一塊白棋（消除自我、捨己為人之意）才能解破的珍瓏棋局（反映了每位參局者的貪、嗔、癡）、少林寺藏經閣無名老僧的慈悲說法、形貌似大慈大悲觀世音菩薩的刀白鳳拯救了瀕臨絕望的段延慶。

這部書可以說是作者用大悲心來鑄成的，因之連天下第一大惡人「惡貫滿盈」段

① 《天龍八部》新修版，第五十回〈教單于折箭　六軍辟易　奮英雄怒〉

延慶、罪魁禍首慕容博和作惡多端的星宿老怪也給予一條改過自新之路。

凡此種種，把《天龍八部》的精神內涵提升至一個超脫的境界。

三、貪、瞋、癡

佛教認為，人生痛苦煩惱，不能解脫，主要根源在於「三毒」，……即「貪」、「嗔」、「癡」。「貪」是欲望、貪得、各種物質或精神上的欲求、愛念、對名利權力的追求等等；「嗔」是仇恨心、憎怨心、企望打擊、損害、傷害、殺傷別人的心理、討厭別人、妒忌、幸災樂禍等等；「癡」是不了解、認識錯誤、妄想、幻覺、謬見，……有如段譽之對王語嫣，在「三毒」中屬於「貪」……①

① 《天龍八部》新修版，第三七回〈同一笑到頭萬事俱空〉注

以上這段注釋是金庸最近增補的。由此可知《天龍八部》不止刻劃了一般歹角的貪瞋癡，甚至連出類拔萃的主角也各被其中一毒所傷。最先登場的段譽中了貪毒，接著蕭峰染了瞋毒以及最後虛竹中了癡毒，使得三人痛苦不堪，讀者閱來惻然生憫。

段譽自從在無量玉洞見到「神仙姊姊」的玉像之後即中了貪毒，及後遇著和玉像相似、但卻活色生香的王語嫣就毒發加深，難以自拔。雖三番四次以自幼所諳的「不淨觀」①和「無常觀」②來對治仍無可奈何：

……「當思美女，身藏膿血，百年之後，化為白骨。」③

……「當觀色無常，則生厭離，喜貪盡，則心解脫。……」④

①編按：「不淨觀」是佛教修行人在禪定是的調心方法，觀想人體過世後，肉身腐敗的過程，被認為是對治貪欲的有效法門。

②編按：「無常」是「常」的反義，佛教認為一切世間萬物終會變異，並沒有恆常的存在。

③《天龍八部》新修版，第二九回〈蟲豸凝寒掌作冰〉。

④《天龍八部》新修版，第三四回〈風驟緊縹緲峯頭雲亂〉。

直至身世大白、養父生母雙亡和登基為帝等等極端變故促使段譽對王語嫣之迷戀有了比較清醒的保留。最終王語嫣在無量玉洞將玉像（假像）推倒打破，段譽方才如夢初醒，徹底拔除了貪毒。

養父養母喬三槐夫婦與師父玄苦大師之枉死使蕭峰感染了嗔毒，後來在雁門關外證實了自己的身世來歷後就嗔毒增劇。嗔毒令他失卻了平時的冷靜謹慎，墮入了馬夫人康敏的毒計而錯認段正淳為仇人，因此誤殺了他最深愛的阿朱，從而後悔一生。但於見了宋遼邊界互相仇殺之慘況、又得少林寺藏經閣無名老僧的慈悲點化而盡解了嗔毒。如此結果，實因天台山止觀寺的智光大師一早已在蕭峰的心識中灑下了慈悲的種子，他對蕭峰說了一偈：

萬物一般，眾生平等。漢人契丹，一視同仁。恩怨榮辱，玄妙難明。當懷慈心，常念蒼生。①

①《天龍八部》新修版，第二一回〈千里茫茫若夢〉。

虛竹從小出家，天性有點固執（先天癡毒）。為阿紫作弄而於無意間破了葷戒；相救天山童姥時又無知地犯了殺戒；被無崖子吸去並化掉少林內功後定力大失、抵受不住誘惑而任意的犯了淫戒和酒戒。最後因屢犯戒律而被逐出少林寺更使癡毒加深。他的癡毒是指他過於執著出家人（和尚）和在家人（居士）的分別，認為出家人的功德修為一定高於在家人。所以玄慈和段譽均分別開導於他：

玄慈道：「……就算不再出家為僧，在家的居士只須勤修六度萬行，一般也可證道，為大菩薩成佛。」……①

「二哥，維摩詰居士②是不出家的大居士，他勤修佛道，比出家的……等等所有如來佛的大弟子，對正法更加通達，如來佛也認為如此。這些大弟子個個對

①《天龍八部》新修版，第四十回〈卻試問幾時把癡心斷〉。
②編按：維摩詰菩薩，是釋迦牟尼佛時代的佛教修行者，並無出家，是佛教「在家眾」的典範。

他十分佩服，……『維摩詰言：然！汝等便發阿耨多羅三藐三菩提心①，是即出家，是即具足。』」②

而虛竹亦因長受佛法熏習，心胸虛空如竹，一破即透，癡毒由此而消：

……三弟說得對，只要心存佛教，嚮慕正法，發阿耨多羅三藐三菩提心，『是即出家，是即具足』！學習佛法，須當圓融。拘泥不化，乃我天性中的大病！」說著滿臉喜容，向段譽拜倒。……③

金庸在新修版《天龍八部》裡徹底地改動了段譽與王語嫣共諧連理的結局，令王

①編按：「阿耨多羅三藐三菩提」為梵語音譯，漢文意譯為「無上正等正覺」，是佛教修行上覺悟最高、感受最高的境界，現在指「成佛」。「發阿耨多羅三藐三菩提心」即是「發心成佛」。

②《天龍八部》新修版，第三十八回〈胡塗醉情長計短〉。

③《天龍八部》新修版，第五十回〈教單于折箭　六軍辟易　奮英雄怒〉

語嫣回到表哥慕容復的身邊。許多讀者皆大惑不解或大表不滿。除了周詳考慮過段譽和王語嫣的性情之外，猜想作者如是寫最主要之目的應是希望三位主人公都能夠得到佛法的救渡（前二版唯蕭峰與虛竹能免於陷溺），擺脫貪（段譽）、嗔（蕭峰）、癡（虛竹）三毒的糾纏，得以超越沉淪、安樂自在。畢竟段譽有名「斷欲」[1]，若欲不斷，又怎能名副其實？

值得補充的一點是：三毒其實可以歸納為單一的癡毒。佛教哲學一致認為，人之所以流轉生死不輟是因為「我見」或「我執」（自我感、自我愛、無明）。有了我見便會有貪或嗔的情緒反應，遇可喜之事物生貪，逢不可喜則起嗔，由此造下種種善惡業，業力與我見牽引著眾生不斷經歷生老病死之大苦，直到消滅我執為止。我執就是癡毒，沒有正確認識到「自我」不是一個實在、自存、永恆的個體。

是以金庸在注釋中說：

①編按：段（duàn）譽（yù）斷（duàn）欲（yù）

佛教徒認為三毒中「癡」最難消除，因心中若無「癡」，即可有「正見」、「正思惟」，對於「實相」有真正認識，……去「嗔」不難，去「貪」甚難，若能去「癡」，即大徹大悟，真見佛道矣。……①

四、知行合一

佛學是知識，學佛是修行，兩者本來是相輔相成的。但如果徒重知識，不配以實際修持，這樣就無法深入意識引發內心轉變。此即釋迦牟尼佛所云「說食不飽」。《天龍八部》中展示了一個如是的典型人物——鳩摩智。此人佛學睿深，但所作所為盡是貪嗔癡。且看金庸如何引用《般若波羅蜜多心經》風趣地調侃他：

觀自在菩薩行深般若波羅蜜多時，照見五蘊皆空，度一切苦厄。……依般若

①《天龍八部》新修版，第三七回〈同一笑　到頭萬事俱空〉注

波羅蜜多故，心無罣礙，無罣礙故，無有恐怖，……

《般若波羅蜜多心經》

……鳩摩智登壇說法之時，自然妙慧明辯，說來頭頭是道，聽者無不歡喜讚嘆。但此刻身入枯井，頂壓巨石，口含爛泥，與法壇上檀香高燒、舌燦蓮花的情境畢竟大不相同，甚麼涅槃後的常樂我淨、自在無礙，盡數抛到了受想行識之外，但覺五蘊皆實，心有掛礙，生大恐怖，不得渡此泥井之苦厄矣。①

與鳩摩智相映成趣的是王語嫣。此姝武學見識極之深廣，除了凌波微步、一陽指、六脈神劍、降龍廿八掌、易筋經、欲三摩地斷行成就神足經外，對其它武功真可說是到了無所不知、知無不盡的地步，偏偏武功超低，只有一丁點兒內力，幾乎等於不懂武功。在天山縹緲峰靈鷲宮當劍神卓不凡意欲擒拿她時，明知其劍法弱點所在也

① 《天龍八部》新修版，第四五回〈枯井底　污泥處〉

無能為力，無怪乎金庸將她的名字從舊版的玉燕改為「語嫣」（意即說話漂亮而已，不是語笑嫣然）。雖然光說不大練，但她的武學知識卻惠及了不少人，包括在聽香水榭裡指點蓬萊派的諸保昆抵禦青城派掌門司馬林及姜孟二老者；杏子林中幫雲中鶴打傷丐幫宋長老，反過來又助吳長老對付雲中鶴；在太湖畔碾坊指導段譽殺了十五個西夏一品堂武士；教段譽和慕容復在萬仙大會中反擊三十六洞、七十二島一干敵人。

由王語嫣的遭際可見知識之大用，從鳩摩智的境遇可知實踐之重要。理論與實踐，缺一不可。

整體而言，此書的武功描述雖比金庸其餘小說更加離奇誇張，但人物的性格感情仍然是那麼的真實動人，尤其是它的宗教情懷之深，實出作者意料之外。《天龍八部》和《俠客行》，即「慈悲」加「般若」，當能盡解一切眾生所中之「生死符」。

願一切眾生終能離苦得樂。

原載香港《作家月刊》二零零六年四月號

附：倪匡代筆的那一段

衆多讀者對當年倪匡先生代金庸所寫的那一節極感興趣。該段文字約共三萬多字，包含第八十九回〈弟子遭殃〉、九十回〈鐵頭癡兒〉、九十一回〈極樂掌門〉、九十二回〈老怪落敗〉。內容主要是游坦之和阿紫的故事。現把情節內容擇要如下以饗讀者諸君：

當星宿老仙丁春秋正與慕容復在小鎮飯店裡大戰之際，丁春秋以內力貫於袖角戳瞎了阿紫的雙眼。游坦之反手和丁春秋對了一掌，成功救走阿紫。慕容復籍機脫出丁春秋「化功大法」的掌握，虛竹也乘亂溜了。段譽適逢其會，以時靈時不靈的六脈神劍和慕容復合戰丁春秋。及後段延慶出現，慕容復拉著段譽抽身而退，留下兩惡相鬥。風波惡和包不同追趕游坦之以報曾經身受「冰蠶毒掌」之仇。

游坦之對阿紫聲稱自己乃是西域極樂派掌門人王星天。為了不讓阿紫察覺王星天即是鐵丑，他將阿紫留在桃林，獨自前往鎮甸尋找鐵匠拆除鐵頭罩。途中遇上葉二娘與丁春秋這一對舊相好，丁春秋向游坦之逼問阿紫的下落。

威迫不果，丁春秋放了游坦之但暗中派遣兩名弟子跟蹤他。在近市鎮處游坦之被風波惡及包不同追上，游坦之向他們說明原委和苦衷，風包二人方知他是受了丁春秋之欺壓，三人化敵為友。臨別時風波惡送了一柄削鐵如泥的匕首給游坦之，他以之割撕下鐵面具。游坦之回到桃林，驚見阿紫已為葉二娘封了穴道，一出手便擊倒了葉二娘。阿紫要求游坦之奪取星宿派掌門及丐幫幫主之位給她，然後發射紫焰信號箭引來了丁春秋。

游坦之亦是一掌即把丁春秋震得連翻七八個觔斗，忿忿而去。游坦之想攜阿紫前往人跡罕至之地長相廝守，（倪匡代筆至此而止，下為金庸外遊回來親自執筆）山中卻碰見端坐巨蛇之尾東來的天竺胡僧哲羅星。

哲羅星搶去了從游坦之懷中跌出來的梵本易筋經，他欲奪回但不敵哲羅星的「通臂功」。游坦之生怕阿紫知曉他打不過哲羅星後大失所望，就苦苦哀求哲羅星佯作敗在他的手下，哲羅星答允了他，但條件是要他同去少林寺帶路尋找師弟波羅星。一行三人於少林寺不遠之處巧遇大輪明王鳩摩智。

鳩摩智以「無相劫指」輕易地由哲羅星手上攫得易筋經。游坦之見鳩摩智寶相莊嚴，頓起敬慕之心，想拜之為師，不過鳩摩智卻要他先對付一個大惡人，南海鱷神之師——段譽。

杏林中，段譽使至陽至剛的「朱蛤神功」對抗游坦之至陰至寒的「冰蠶異功」，勢均力敵，鳩摩智從旁偷襲段譽，但為剛好到來的慕容復和王玉燕所阻。眼見段譽、游坦之二人即將內力衰竭，同歸於盡，慕容復為了揚名後世，冒死欲將兩人分開。幸好最後緊急關頭出現了武功奇高的黑衣大漢與白衫僧人，兩人合力把段譽和游坦之分開，隨即隱沒不見。慕容復、王玉燕、段譽及鳩摩智走後，阿紫央求游坦之教她蓋世神功，游坦之只好敷衍著叫阿紫先由淺入深試演星宿派武功以便指正缺失。

結果游坦之反由阿紫處學得十一二招星宿派入門功夫「混天無極式」並意外地打死了兩名路過的丐幫弟子，游坦之拖著阿紫驚慌奔逃。慕容復一行六人恰於此時經過並從奄奄一息的老丐口中得知關於西夏招親榜文的訊息，之後慕容一夥人誤闖萬仙大會……

第二章　《俠客行》與般若中觀淺釋

《俠客行》是金庸先生緊接著《天龍八部》之後所撰寫的一部中篇小說。《天龍八部》受到佛學影響，那是眾所公認、絕無異議的。因為《天龍八部》一書對佛經廣徵博引，充分顯示了佛家偉大的慈悲胸懷。相對的，《俠客行》全書雖然沒有一章半句引自佛經，但書中主角的言行思想卻處處彰顯了佛家深邃的無我智慧，有如迦葉尊者的拈花微笑①，不立文字，教外別傳。

一、《俠客行》有否受到佛學的影響？

金庸於一九七七年七月在《俠客行》的後記裡寫道：

①編按：摩訶迦葉，釋迦牟尼十大弟子之一，號稱「頭陀第一」，釋迦入滅後，迦葉尊者成為僧團領袖。禪宗尊他為第一代祖師。迦葉尊者的拈花微花故事，《天龍八部》第十回〈劍氣碧煙橫〉有描述，並舖演為「少林七十二絕技」中的「拈花指」。

……寫《俠客行》時，於佛經全無認識之可言，《金剛經》也是在去年十一月間才開始誦讀全經，對般若學和中觀的修學，更是今年春夏間之事。此中因緣，殊不可解。

查實早在金庸幼小的時候就已經接觸過弘揚般若的經典。金庸在《探求一個燦爛的世紀》中對池田大作先生說：

……對於我，雖然從小就聽祖母誦唸《般若波羅蜜多心經》、《金剛經》……①

而且金庸在創作《倚天屠龍記》時（一九六一年七月六日至一九六三年九月二日）就曾經部份引錄過《金剛經》。這段經文出自金毛獅王謝遜之口，當時被魔意逐

①《探求一個燦爛的世紀》，第六章〈談香港的明天、佛法與人生〉，一九九八。

漸籠罩心頭的張無忌正與少林三高僧渡厄、渡劫和渡難在少林寺後山峰頂作第三度劇戰。以下是從未經任何修改的舊版《倚天屠龍記》裡摘錄出來：

……只聽他又唸佛經道：「佛告須菩提：『如是，如是！若復有人得聞是經，不驚、不怖、不畏，當知是人甚為希有……如我昔為歌利王割截身體，我於爾時無我相、無人相、無眾生相、無壽者相。何以故？我於往昔節節支解時，若有我相、人相、眾生相、壽者相，應生瞋恨……是故，菩薩須離一切相。』

……世間一切全是空幻，對於我自己的身體、別人的身體，心中全不必牽念，即使別人將我身體割截、節節支解，因為我根本不當自己的身體，所以絕無惱恨之心。……

……原是以《金剛經》為最高旨義，最後要做到「無我相、無人相、無眾生相、無壽者相」，於人我之分、生死之別，全部視作空幻。……①

①《倚天屠龍記》（香港鄺拾記報局），第一〇六回〈黃衫女子〉。

是以金庸所謂的「不可解之因緣」也就可以迎刃而解了。答案就是金庸從小聽祖母唸誦佛經（佛家叫做「多聞熏習」），在寫《倚天屠龍記》時又曾局部參閱過《金剛經》（佛家稱為「如理思惟」），因此寫完部份演繹了慈悲的《天龍八部》（一九六三年九月三日至一九六六年五月二十七日）後，很自然地又再提筆撰了部份表達了般若的《俠客行》（一九六六年六月十一日至一九六七年四月十九日）。慈悲和般若是為大乘佛學的兩大支柱。不過當然並非佛經教義的直接演繹，因為「文以載道」的小說很難會寫得好看，太過「著相」或受到牽制的緣故。金庸寫小說始終是以人性為主、娛樂為副、載道為末。

二、《俠客行》的題旨

《俠客行》的主旨究竟是甚麼？作者在《俠客行》的後記中有云：

……我所想寫的，主要是石清夫婦愛憐兒子的感情，以及梅芳姑因愛生恨的

妒情。……①

可能是寫得太過著意的關係，愛憐變成了溺愛。可以把這當作反面教材，另一反面教材是《神鵰俠侶》黃蓉對郭芙之縱容。在十五部金庸小說裡，寫父愛至為感人肺腑的是：《倚天屠龍記》張三丰對張翠山、謝遜對張無忌。母愛方面則有《笑傲江湖》寧中則與令狐沖、《鹿鼎記》韋春芳與韋小寶。

次要主題妒情的傑出代表是《碧血劍》裡的何紅藥及《神鵰俠侶》中的李莫愁，論功力和表現，梅芳姑都只能排第三名罷了。

以上兩個刻意經營的主題，第一個寫得太過，第二個寫得不及，反而是以下這個不大重要的副題則詮釋得恰到好處：

各種牽強附會的注釋，往往會損害原作者的本意，反而造成嚴重障礙。《俠

① 《俠客行》新修版〈後記〉。

客行》寫於十二年之前，於此意有所發揮。近來多讀佛經，於此更深有所感。大乘般若經以及龍樹的中觀之學，都極力破斥煩瑣的名相戲論，認為各種知識見解，徒然令修學者心中產生虛妄念頭，有礙見道，因此強調「無著」、「無住」、「無作」、「無願」。邪見固然不可有，正見亦不可有。《金剛經》云：「凡所有相，皆是虛妄」，「法尚應捨，何況非法」，「如來所說法，皆不可取，不可說，非法，非非法」，皆是此義。……①

金庸於一九九四年十月廿七日演講後回答北京大學學生時說：

……我寫《俠客行》，是佛教思想中有一種想法：世俗的學問對領悟最高境界可能有妨礙。中國禪宗參禪的目的就是力圖擺脫現成的觀念，尤其是邏輯和名詞的觀念。佛家理論說，摒逐世俗的觀念，有可能領悟更高一層絕對的觀

①《俠客行》新修版〈後記〉。

念。……①

由此可見，原本金庸想寫的主要是舐犢之情及妒情，但世事往往是「有意栽花花不發，無心插柳柳成蔭」，反而不自覺地把貯藏在潛意識裡的般若中觀思想演繹了出來。

三、般若中觀

何謂般若中觀？

般若，梵語Prajñā的音譯，俗譯智慧。但這是有異於一般的世俗智慧。世間的學問知識只能有限地解決世間的問題，而出世間的般若則能導人解脫世間的痛苦（老、病、死、怨憎會、愛別離、求不得）。

①〈金庸談武俠小說〉（《明報月刊》，1995年1月）。

佛家認為眾生之所以循環不息的生了又死、死了又生，最根本的原因在於無明（我執或我見）。我執是根深蒂固地相信有一個常住不變的、實在的自我。這是沒有深徹地了解「緣起」法則的結果。查良鏞（金庸）先生在一九七七年十月九日發表了〈談色蘊〉一文，內裡對「緣起性空」作了一番探討：

……一切「色」都是因緣和合而成，所以都沒有自性，都是空。……有智慧的人，對一切物體不要認為是實在的、有自性的、可以自己單獨存在的，……每一件物體的存在，都必須依附於其他條件，存在是相對性的。必要的存在條件如果消失，物體也就不能存在了。……①

世俗對一切事物（佛家稱為「法」）的名言概念（名相戲論）的執持，遮蔽了一切事物的本質（空性、無常、無我），使人無可避免地萌生錯覺妄見（執常、執

①〈談色蘊〉（《內明》第68-74期，1977年11月-1978年5月）

我），叫做「常見」。但是在研讀了《大般若經》、《心經》一系列般若經典之後，好些人可能會誤解了「空」就是空無所有的意思，從此陷入「斷滅見」裡。為了避免產生「斷見」，龍樹論師依據《大般若經》在他的《大智度論》及《中論》裡將一切法的存在分為兩個層次：世俗諦（現象）與勝義諦（本體）。一切法在世俗諦裡都是假名有而於勝義諦裡則是自性無，亦可解釋作一切法沒有本體（自性無）但卻具有作用（假名有）。譬如在睡夢中，雖然一切境相皆是虛幻的，不過它確能使做夢者產生真切的情緒反應。金庸在〈談色蘊〉中稍有言及中觀、假名：

中觀論者並不否定物質的存在，不過認為這種存在無常而不確定，沒有固定性質，一切事物必須依賴其他條件而存在，不能獨立存在。「色」只是一種假定的名稱，為了在現實世界中實際應用而給它一個名字，並不是真正有確定的本質，就如《金剛經》中所說：「彼微塵者，是非微塵，是名微塵」。《大智度論》卷三一：「四大和合，因緣生出，可見色亦是假名。……

在世俗諦中，一切法都是相對的（有與無、常和斷）。若以遠離二邊（兩個極端）的般若中觀把一切法看成非有非無、非常非斷的，這樣就不落言詮意識了。因為般若慧所體悟的勝義諦是一個離言絕思的絕對境界（涅槃、菩提、法身、佛性、如來藏、真如、實相、法性、法界、法爾、無相、無生、無為、寂滅、空性）。〈談色蘊〉一文裡說：

> ……至於物質的真正本質，大概不屬於人的思想範圍。人的思想恐怕永遠無法接觸到物質的真正本質，就算有人接觸到了，他也決計不能用語言、文字、或數學符號來表示。「意會」或有可能，「言傳」則絕不可能。
>
> 用佛家的術語來說：物的現象是「相」，那是我們所能見到、聽到、嗅到、嚐到、觸摸到的具體形象，也即是「感覺資料」（sense data）。……至於物質的真正本質，則是「法性」或稱「真如」。「法」的意思，在這裡指「一切事物」，因為佛家也和近代許多大哲學家的看法相同，事與物最後不可分。「法

性」就是「一切事物的真正本質」。「如」的意思是「就是這樣」，英文中稱為thatness或suchness，那是無法下定義的，不可解釋的，只能說「就是這樣」。「真正的就是這樣」，便是「真如」。……

「法性」或「真如」不可說，可說的只是「物相」（現象）……

《大乘起信論》中說……非有非無，畢竟不可說相。而有言說者，當知如來善巧方便，假以言說引導衆生。其旨趣者，皆為離念，……

四、《俠客行》裡的般若思想

《俠客行》描述了一個無名、無相、無我、無求、無知的俠客，最終破解了〈俠客行〉裡至高無上的武學圖譜之謎。這是一個寓意深遠的故事。如果說金庸先生是用悲天憫人的濃筆，來詳細實寫《天龍八部》這一幅人世悲歡圖的話，那麼《俠客行》是他用平靜理智的淡筆，精簡虛描出來的出世真理圖。

「無名」是因為由始至終，他都不知自己的真實姓名。他被人稱過的名字有：狗雜種（梅芳姑）、石破天（長樂幫幫眾、丁璫）、石中玉（白萬劍、石清、閔柔）、白癡（丁不三）、大粽子（丁不四）、史億刀（史小翠）。石中堅極大可能是他的真正姓名，不過直至最後也沒有得到證實。

「無相」是因為他沒有自己特定的身相。他與石中玉同一父母所生，因此形貌近似，後來又經貝海石在他左肩、左大腿以及左股上偽造傷疤，所以從頭到尾總是給人錯認為石中玉，除了貝海石和阿綉，這二人可謂獨具慧眼。

無名、無相所以無我。這在書中第三回也有提及：

……那知這少年自幼只和母親一人相依為生，從來便不知人我之分……①

無求是因為無我和「幼承庭訓」。書裡第三回這樣寫道：

①《俠客行》新修版，第三回〈不求人〉。

小丐搖頭道：「我不求人家的。」謝煙客心中一懍，忙問：「為甚麼不求人？」小丐道：「我媽媽常跟我說：『狗雜種，你這一生一世，可別去求人家甚麼。人家心中想給你，你不用求，人家自然會給你；人家不肯的，你便苦苦哀求也沒用，反惹得人家討厭，給人家心裡瞧不起。』我媽媽有時吃香的甜的東西，倘若我問她要，她非但不給，反狠狠打我一頓，罵我……因此我是決不求人家的。」……①

無知是因為不識字和不通人情世故。在他的成長期中，梅芳姑（初出生未滿月至十二三歲）和謝煙客（十二三至十八九歲）都是絕少與他溝通的，更不用說教他讀書識字了。

無名、無相、無我、無求和無知見障正是佛家最後所達致的終極之境。

佛家的中道思想則體現在主角石破天所修習的內功裡。他先是經謝煙客居心險毒

①《俠客行》新修版，第三回〈不求人〉。

地指導習練諸路陰脈內力（一個極端），接著專練諸路陽脈內力（另一個極端），最後給長樂幫的豹捷堂香主展飛一記鐵沙掌打在胸口膻中穴上，從而使陰陽兩股內力得以中和融化（中道）。石破天所喝丁璫從丁不三處偷來具陰陽調合之功的「玄冰碧火酒」和張三、李四的熱性「烈火丹」與寒性「九九丸」藥酒，也是同一層意思的深化。

大乘佛學認為消除了我執與法執，方能圓滿地證悟空性。因而無我（我執，即妄相）、無所知障（法執，即妄見）、蘊含中道內力的無名無相俠客，直接見到了〈俠客行〉圖譜中最上乘武學的「實相」。

五、一些牽強附會的注釋和「戲」論

甲、注釋：

◎扉頁印章：

「二十餘年成一夢，此身雖在堪驚。回首舊游何在，柳煙花霧迷春。」（《金剛經》最後結論有一偈頌：「一切有為法，如夢幻泡影，如露亦如電，應作如是觀。」）

「不貪為全，心無妄思。」（妄思即癡，佛家以淨除貪瞋癡為要務）

◎回目：

三　不求人（佛教講究無欲無求，因為有求皆苦）

十九　臘八粥（十二月初八，佛陀成道的日子。大家用紅棗、花生等來煮粥供佛，叫做臘八粥）

廿一　我是誰？（從分析「我是誰」這一哲學命題最終可以達致「無我」的結論）

乙、「戲」論：

（一）大悲老人（大悲心——為眾生拔苦之心）

（二）長樂幫（「常、樂」、我、淨〔永恆、安樂、自主、清淨〕——涅槃的境界）

（三）丁不三（生）、丁不四（死）（「不生亦不滅」，不常亦不斷，不一亦不異，不來亦不出——龍樹《中論》）

（四）丁不二（不二，指中道、平等、無分別、絕對的境界）

（五）石中堅（狗雜種的真名，石中之至堅，西域的金剛鑽石，佛家用以形容般若，能摧毀一切妄思）。

（六）無妄神功（史小翠與阿繡練至走火，未能驅除妄思，但已足以分辨出石中堅與石中玉〔縱慾〕）。

（七）賞善罰惡令（因果業報，善有善報，惡有惡報）。

（八）龍、木島主（從龍樹菩薩的名字分化出來）。

（九）白自在（不自在是因為我執、我慢太重了，因而自大成狂）

（十）西門觀止（觀止，即觀想和禪定。依「止觀雙運」修習西方阿彌陀佛的淨土法門）

（原載香港《作家月刊》二零零四年十月號）

附錄一：釋「陳世驤先生書函」

潘國森

外部研究

有朋友問我應該怎樣去欣賞「金庸小說」，我毫不猶豫的叫他細讀附錄在《天龍八部》之後，陳世驤先生給作者的兩封信。誰知這位朋友過了幾天卻告訴我看過之後不大明白，於是跟他略為解說一番，至於他是否從此得益，就不得而知了。

陳先生這兩封信原本只是寫給金庸，當然不會考慮到一般讀者是否看得明白，而且相信大多數讀者看《天龍八部》之時亦未必會重視收錄在書後這兩封信。《諸子百家看金庸》的第一輯雖然亦有輯錄這兩封信，但顯然未有充份的重視。

這兩封信為何如此重要呢？為何所有讀者都非讀不可呢？

金庸在後記中表示：「雖則中國人寫書向來沒有將書獻給任何人的習慣，但是作者『熱切的』將此書獻給陳先生。」又表示曾經打算在《天龍八部》出單行本時，要請陳先生寫序。只可惜其時陳先生已經辭世，故此將這兩封信附在書後來記念他。

外國人通常把自己寫的書獻給親友或者師長，又或者是對這書的面世出過很大力的朋友。然而金庸與陳世驤兩位非親非故，不過是見過兩次面，通過兩次信；兼且陳先生對《天龍八部》的寫作過程又必然沒有出過甚麼力，那麼金庸又為何要將《天龍八部》獻給他呢？除了因為在作者的心目中陳先生對此書的了解最深之外，還能夠有更合理的解釋嗎？

傳統上但凡作者請人寫序，除了上述的原因之外，還有兩種可能性，第一是為了感激出錢的人。以往印刷業不發達的時候，出版一本書是十分大陣仗的事情，窮措大沒有富商大賈出力資助就很難成事，而為了答謝破了財的人，讓他寫個序來借書留名也是應該。但這個顯然與此無關。第二個可能性自然是請些德高望重，地位崇高之輩來寫，以增聲價。可是不知算不算是讀書人的悲哀，陳先生雖然學問做得如此精深，除了在學術界之內，可說是大名不顯，大部份讀者當然不知道陳世驤是何許人啦，因此這個理由亦不成立。

作者在後記中寫道：

「……以他的學問修養和學術地位，這樣的稱譽實在是太過份了。或許是出於他對中國傳統形式小說的偏愛，或許由於我們對人世的看法有某種共同之處……他指出，武俠小說並不純粹是娛樂性的無聊作品，其中也可以抒寫世間的悲歡，能表達較深的人生境界。」

金庸寫《天龍八部》的原意就是「寫世間的悲歡」和「表達較深的人生境界」。至於所謂「對人世的看法有某種共同之處」，其實亦暗示了陳先生對《天龍八部》的了解之深，正好是作者的旨趣所在。

以前曾聽一些唸社會科學的校友說過所謂「作者已死」（death of author），就是說作者完成了創作之後任務就完結了，對於作品的一切都應交由讀者去評斷，有甚麼感受都是讀者自己的「主觀結構」云云。故此文藝創作者面對各式批評，不論是好評還是劣評，都鮮有公開表示某甲才看得懂自己作品，而某乙卻又不懂。金庸將這兩封信附於書後的用意，不是十分明顯了麼？

「天龍八部」與現世人物

「外部研究」完結，輪到「內部研究」，即是信的內容。

陳先生的第一封信寫於一九六六年四月，這封信是專論《天龍八部》。陳先生提及自己「乘閒斷續讀之」及與「同人知交」、「青年朋友」聚談金庸小說，間中有人以為「《天龍八部》稍為鬆散，而人物個性及情節太離奇」，又謂「亦為喜笑之批評，少酸腐蹙眉者」。

接下來就是陳先生為《天龍八部》作辯：

「然實一悲天憫人之作也……蓋讀武俠小說者亦易養成一種泛泛的習慣，可說讀流了，如聽京戲之聽流了，此習慣一成，所求者狹而有限，則所得者亦狹而有限，此為讀一般的書聽一般的戲則可，但金庸小說非一般者也。讀《天龍八部》必須不流讀，牢記楔子一章，就可見『冤孽與超度』都發揮盡致。書中人物情節，可謂無人不冤，有情皆孽，要寫到盡致非把常人常情都寫成離奇不可；書中的世界是朗朗世界到處藏著魍魎與鬼蜮，隨時予以驚奇的揭發與諷刺，要供出這樣一個可憐芸芸眾生的世界，如何能不教結構鬆散？這樣的人物情節和世界，背後籠罩著佛法的無邊大超脫，時而透露出來。而每在動人處，我們會感到希臘悲劇理論中所謂恐怖與憐憫，再說句陳腐的話，所謂『離奇與鬆散』，大概可叫做『形式與內容的統一』罷。」

未嘗試解說這段批評之前，不如先提一個有趣的問題作為我們討論的起步點，就是：

《天龍八部》為甚麼要叫作《天龍八部》呢？即是說作者選用「天龍八部」這個

佛經中的名詞作為這部巨著的名稱是有何用意呢？

《書劍恩仇錄》的「書」是回族的聖典《古蘭經》，「劍」是霍青桐贈予陳家洛的那柄藏有重大秘密的短劍；《碧血劍》是指金蛇郎君從五毒教盜來、飲血無數、有一道碧綠血痕的金蛇劍；《射鵰英雄傳》裏面稱頌的「射鵰英雄」並非威震萬理、滅國無數、殺人無數的蒙古大汗，而是大勇止干戈的傻小子郭靖；《神鵰俠侶》、《雪山飛狐》、《飛狐外傳》、《鴛鴦刀》、《白馬嘯西風》的書名都清楚明白，無大深意；《俠客行》的重點是俠客島上，以李白同名詩命名的一套神秘武功；《笑傲江湖》一方面是指劉正風、曲洋合著的樂譜，也同時是令狐沖的寫照；中原逐「鹿」、群雄問「鼎」，和鹿鼎山下的寶藏就是《鹿鼎記》書名的來歷。那麼《天龍八部》呢？

倪匡先生的《我看金庸小說》有下面的見解：

「……照這樣的篇名看來，金庸像是想寫八個人，來表現這八種神道怪物。

「……哪一個人代表哪一種，曾經詳細下過功夫去研究，都沒有結論。

……金庸在一開始之際，的確有著寫八個人，來表現八種神道怪物的意願……

……已不能在小說中找到某一個人去代表一種什麼意念，而是所有的人交雜在一起，代表了一個總的意念。

這樣的情形，比原來創作計劃來得好，也使『天龍八部』更高深、大氣磅礴，至於極點。」

希望如此節錄不致有斷章取義之弊。顯然倪先生對於他自己的結論十分滿意，其中所謂「總的意念」，文中未有說明，我想大概是該書中第五十八頁所說的：

「……人一定有人的本性，人的本性不會受任何桎梏而改變。」

事實上《天龍八部》的「釋名」中最後一段已說得十分明白：

「天龍八部這八種神道精怪，各有奇特個性和神通，雖是人間之外的眾生，卻也有塵世的歡喜和悲苦。這部小說裏沒有神道精怪，只是借用這個佛經名詞，以象徵一些現世人物，就像《水滸傳》中有母夜叉孫二娘、摩雲金翅歐鵬。」

以「天龍八部」象徵現世人物的歡喜和悲苦正是全文主旨所在。

現在我們可以再回到陳先生的信件去，所謂「悲天憫人之作」正是對《天龍八部》的最佳評價，這部巨著正是作者用慈悲憐憫之心所寫成。讀者絕不會同情《書劍恩仇錄》的張召重，或者是《笑傲江湖》的岳不群。若然你不同情段延慶，卻可能會同情慕容復；又或者憎恨阿紫而覺得天山童姥可憐。但可以肯定每一位讀者都會憐憫書中的某些要角，而每一個要角亦必得到某些讀者的同情。為甚麼會如此呢？蓋此乃「悲天憫人」之作也！

牢記楔子一回

至於所謂「讀流了」大概與不用心去讀差不多，讀金庸小說必須用心，否則其中高深的內涵便難以理解，純粹抱消閒之心讀金庸小說，所得者便只能是消閒；而純為學寫通暢文章而讀金庸小說，所得者亦只能是此小小進益，此即所謂「所求者狹而有限，則所得者亦狹而有限」。

除了極少數有大定力的讀者以外，我相信大部份讀者頭幾次讀金庸小說必「讀流了」，原因十分簡單，皆因為小說內容太過豐富、情節太過緊湊，初讀時實在難以抗拒，必定要一口氣讀完全書，才有暢快之感。直到讀過幾次之後，對書中情節人物較有明確的印象，投入感與代入感大為減輕，方能平心靜氣去玩味書中典雅的文字和高遠的喻意。

而最令讀者難明《天龍八部》的主旨的就是蕭峰，這個人物寫得太過成功，太過令人心醉，絕大部份的讀者都被「喬幫主」天神般威武的形象和悲慘的遭遇所震懾，因而忽略了《天龍八部》原本是一悲天憫人之作。當然亦只有陳世驤先生如此學養方能了解箇中「三昧」。

因此讀者必須再三熟讀「釋名」（即陳先生所指的「楔子」），現在不妨再重溫金庸對「天」的解說：

「……在佛教中，天神的地位並非至高無上，只不過比人能享受到更大、更長久的福報而已。佛教認為一切事物無常，天神的壽命終了之後，也是要死的。天神臨死之前有五種徵狀：衣裳垢膩、頭上花萎，身體臭穢、腋下汗出、不樂本座（第五個徵狀或說是『玉女離散』），這就是所謂『天人五衰』，是天神最大的悲哀……。」

大部份的讀者當然不會想象到「天」竟然也有悲哀。現世的大人物、大豪傑亦復如是，他們有極大的本領，財富權位比常人更大，就如「天」的福報比人大。天神既有壽終之時，人世的大英雄、大豪傑亦有愁苦，這些愁苦與普通人愁苦也是一般無異。李秋水臨終之時，訴說師兄妹三人（還有她自己的親妹）畢生的感情糾纏，虛竹的一段思索正好與「釋名」所論互相呼應：

「虛竹心道：『我佛說道，人生於世，難免貪瞋癡三毒。師伯、師父、師叔都是大大了不起的人物，可是糾纏在這三毒之中，儘管武功卓絕，心中的煩惱痛苦，卻也和一般凡夫俗子無異。』」（頁一五七五）

再看看天神般威武的蕭峰，當他契丹人的身世被揭露之後，又再被誣弒師、弒父、弒母，就如從「兜率天」墮下地獄一般，天神的福報立時消逝；從中原武林人人景仰尊崇的丐幫幫主，一變而成為人人不齒的兇徒。聚賢莊一戰，中原武人甚至不顧江湖道義對他圍攻，不是有如「身體臭穢，腋下汗出」的垂死天神嗎？知交好友立時恩斷義絕，不是有如「天人厭離」嗎？

又如少林寺方丈玄慈被蕭遠山當眾揭發早年所犯淫行，這方丈還能再做嗎？說來倒有些「不樂本座」了，因此他只有一死，人都死了，當然也不能再追究些甚麼。

解說「阿修羅」的一段，也有頗堪玩味之處，金庸寫道：

「……阿修羅王常率部和帝釋戰鬥，因為阿修羅有美女而無美好食物，帝釋有美食而無美女，互相妒忌搶奪，每有惡戰，總是打得天翻地覆。」

常人的想法難免會認為天神之首的帝釋代表正義而阿修羅代表邪惡，卻原來他們為了互相妒忌方才有爭戰！段延慶身體傷殘，形相恐怕比阿修羅更醜惡百倍，至於保定帝段正明則是氣度雍容、大有王者之風，可是二人的善惡也不是如此明顯。雖然作者把段正明寫成十分正面，但也有些地方用十分含蓄的筆法暗示段正明得帝位未必是光明正大。當二人在萬劫谷中相遇之時，段正明出一陽指攻敵，段延慶竟不閃避：

「……保定帝見他不避不架，心中大疑，立時收指，問道：『你為何甘願受死？』青袍客道：『我死在你手下，那是再好不過，你的罪孽，又深了一層。』保定帝問道：『你到底是誰？』……」（頁三一四）

段正明得知對方的身分，竟然不敢再鬥，事實上他有必勝把握（見三一三頁），很明顯他是心中有鬼。假如當日段延慶失去帝位之時，段正明沒有做過甚麼對人不起的事，此時絕無理由不敢堂堂正正的退敵救人。

大理國的司馬范驊也表示，段正明萬不願跟段延慶為敵（頁三二五），是為了甚麼不願，這位高官當然心知肚明啦！

沒有辦法，段正明只得求助於黃僧，黃僧的一番話也包含了絃外之音：

「……這位延慶太子既是你堂兄，你自己固不便和他動手，就是派遣下屬前去強行救人，也是不妥……。天龍寺中的高僧大德，武功固有高於賢弟的，但他

們皆系出段氏，不便參與本族內爭，偏袒賢弟，因此也不能向天龍寺求助。」（頁三二四）

試想段正明若是光明磊落，為何不能求助於族中的父老呢？若然段延慶沒有半點冤屈，此事又怎能算是「本族內爭」呢？事實上段延慶施於段譽的手段相當卑劣，可是段正明反而不敢正面與之為敵，背後恐怕還有許多不可告人之秘。

還有一項佐證，當日段延慶傷重回到大理，請枯榮大師主持公道，洽巧枯榮正坐枯禪，段延甚至連向天龍寺的方丈吐露身分也不能：

「……這和尚說枯榮大師就算出定之後，也決計不見外人。我在大理多逗留一刻，便多一分危險，只要有人認出了我……我是不是該當立刻逃走？」（頁二〇一三）

大概連當時天龍寺的方丈也有點問題，左袒於段正明，否則段延慶怎會認為只有枯榮才能為他主持公道呢？作者寫得相當隱晦，也只有如此，喜歡胡思亂想的讀者才有更多樂趣。

如果要繼續穿鑿附會，自然可以將南海鱷神說成專責保護段譽的「夜叉」。而段正淳一生淫濫，偏偏唯一的兒子卻非親生，臨終之時又有些像終生以龍為食的「迦樓羅」鳥，諸龍吐毒而焚身。事實上「天龍八部」之中，「天」、「阿修羅」比較重要，其他如「乾闥婆」、「緊那羅」則屬附庸，倪匡先生認為金庸原本要寫八個人去代表「天龍八部」似乎低估了金庸的藝術才華，若然寫八個人物來代表「天龍八部」，似乎輕重不分，而且以金庸這樣的高手，恐怕不至於如此自設樊籠罷！

所謂「無人不冤，有情皆孽」更是一針見血的高見，一般讀者大概都不能自己領略這點，但一經道破，定必豁然開朗，所以也不必再多舉例子了。

「業報」是佛家學說中相當重要的一環，「善有善報，惡有惡報」、「種瓜得瓜，種豆得豆」是我們耳熟能詳的。「孽」與「業」有些相近，但嚴格來說仍大有不同，至少「孽」只有貶義，而「業」則有「善業」與「惡業」之別。

「超度」則是令眾生脫離地獄苦難，如《鹿鼎記》寫韋小寶到清涼寺打探順治帝的下落，就以做法事為名，他對清涼寺方丈澄光說道：

「我母親上個月十五做了一夢，夢見我死去的爹爹，向她說道，他生前罪業甚大，必須到五台山清涼寺，請方丈大師拜七日七夜經懺，才消得他的血光之災，免我爹爹在地獄中受無窮苦惱。」（頁六九九）

澄光推搪一番，韋小寶續道：

「……就算我爹爹在夢裏的言語未必是真，我們給他做一場法事，超度亡魂，那也是一件功德。……」（頁六九九至七〇〇）

要將「冤孽與超度」發揮盡致，就必須寫得離奇，這是為了突出有極大本領的人物也有悲苦煩惱，尋常悲情戲曲小說中主人翁遭受那「屋漏更兼逢夜雨」的困境、又或者是兒女私情的小挫折、生老病死一丁點兒的悲歡難合，跟本不能難倒真真正正出類拔萃的大英雄、大豪傑。「魍魎與鬼蜮」待機而動，大英雄、大豪傑的煩惱必定要與眾不同，要比常人所遇的難題更加嚴峻，以世俗眼光視之，這種遭遇自屬「離奇」，但他們內心的痛苦卻與凡夫俗子的一般無異。

「魍魎」是居於深山大川中的精怪，《天龍八部》寫姑蘇慕容家的一夥在擂鼓山一會之後，碰上了三十六洞、七十二島的萬仙大會，要不是段譽一路跟隨，及時援手，險些兒就不得脫身。這萬仙不就是有如「朗朗世界中藏著的魍魎」麼？

「蜮」是傳說中一種會得含沙射人，使人發病的動物。白居易詩：「含沙射人影，雖病人不知。巧言搆人罪，至死人不疑。」日常用「含沙射影」來形容惡意中傷，就是源出於此。

《天龍八部》中最可怕的一場「含沙射影」就是馬夫人對喬峰的搆陷，馬夫人初出場時裝成怯生生的模樣：

「……她說得甚低，但語音清脆，一個字一個字的傳入眾人耳裏，甚是動聽。她說到這裏，話中略帶嗚咽，微微啜泣。杏子林中無數英豪，心中均感難過。……」（頁六四四）

原來洛陽百花會中，禍根早種：

「馬夫人罵道：『你是甚麼東西？你不過是一群臭叫化的頭兒，有什麼神氣了？那天百花會中，我在那黃芍藥旁這麼一站，會中的英雄好漢那一個不向我呆望？那一個不是瞧著我神魂顛倒？偏生你這傢伙自逞英雄好漢，不貪女色，竟連正眼也不向我瞧上一眼。倘若你當真沒見到我，那也罷了，我也不怪你。你明明見到我的，可就是視而不見，眼光在我臉上掠過，居然沒有停留片刻，就當我跟庸脂俗粉沒絲毫分別。偽君子，不要臉的無恥之徒。』

……

「馬夫人惡狠狠的道：『你難道沒生眼珠子麼？恁他是多出名的英雄好漢，都要從頭至腳的向我細細打量。有些德高望重之人，就算不敢向我正視，乘旁人不覺，總還是向我偷偷的瞧上幾眼。只有你，只有你……哼，百花會中一千多個男人，就只你自始至終沒瞧我。你是丐幫的大頭腦，天下聞名的英雄好漢。洛陽百花會中，男子漢以你居首，女子自然以我為第一。你竟不向我好好的瞧上幾眼，我再自負美貌，又有什麼用？那一千多人便再為我神魂顛倒，我心裏又怎能舒服？』」（頁一〇二八）

馬夫人不就是「朗朗世界中的鬼蜮」麼？

「襄王有心，神女無夢」這樣的單相思太過普通，可以拖垮段譽這樣秉性仁厚的「白面書生」，卻難不倒蕭峰這威猛無儔的燕趙豪士，故此作者必須安排蕭峰親手打死自己的至愛。能夠承受這樣再無轉寰餘地的絕境，方才顯得出蕭峰超乎常人的鋼鐵意志，蕭峰與阿朱的一段情自然比段譽的單相思更能震憾人心，但蕭段二人的感情痛苦本質上並無太大的分別。當段譽得知段正淳是王語嫣之生父之時，他的苦痛不見得就低過蕭峰打死阿朱之時的感受。

杏子林中，變生肘腋、眾叛親離，亦不能令武藝超群、智勇雙全的「北喬峰」低頭，若換上是「南慕容」的慕容復恐怕早已全局瓦解了，故此作者還要安排蕭峰做為全中原武林所不齒的契丹人，再要讓他在聚賢莊內與師友故舊拚過你死我活，甚至要親手殺死交親最深、亦師亦友的奚長老；再要安排他親手打死自己的至愛，但這樣的絕境還是難不倒英雄了得的蕭峰。只有到了雁門關外，忠義兩難全，才教這位「敝屣榮華，浮雲生死，此身何懼」的大英雄、大豪傑真真正正的走投無路，此時他的痛苦亦復與尋常小人物沒路窮途時沒有本質上的分別。故而陳先生謂「要寫到盡致非把常人常情都寫成離奇不可」，皆因常人常情是不能把大英雄、大豪傑打垮的。

佛家有「六道」之說，「天」、「人」、「阿修羅」為三善道，「地獄」、「餓鬼」、「畜生」為三惡道。「天」為上善，「人」為中善，「阿修羅」為下善；「地獄」為上惡，「餓鬼」為中惡，「畜生」為下惡。六道輪迴，眾生平等，皆可成佛。

天神福報大，地獄、餓鬼則多受苦難，但六道中的眾生若未得正覺，仍受輪迴之苦。故此人間之外，有大神通的神道精怪，其實「也有塵世的歡喜和悲苦」。

人生有八苦，即生、老、病、死、愛別離、怨憎會、求不得、五陰熾盛。糾纏於貪毒，即生求不得苦；糾纏於瞋毒，則生怨憎會苦；糾纏於癡毒，則生愛別離苦。人世上人人業力不同，福報高下之別，亦如六道之中各有不同，帝王將相、販夫走卒亦同樣有歡喜和悲苦，苦的因由不同，苦的本質卻無異。

此即《天龍八部》的主旨所在。

至於所謂「結構鬆散」，其實是部份讀者以讀一般的武俠小說來對待《天龍八部》，以一般武俠小說的形式（包括金庸的其他作品）來衡量《天龍八部》，未有「牢記楔子一回」而已。

佛家不承認宿命，而認為人生得失禍福並非早已注定而不可更易。宿業牽引，仍可用佛法化解而得以減輕，蕭遠山、慕容博、鳩摩智、段延慶等人惡業雖重，一念之間仍可得解脫，當然這所謂解脫並非得證「無上正等正覺」，但亦可稍減貪瞋癡三毒之害。此即所謂「背後籠罩著佛法的無邊大超脫，時而透露出來」。

正因為要寫「悲天憫人之作」，才可得見書中世界透出佛法的超脫；又因為這「超度」發揮盡致，而方能成就得如此「悲天憫人之作」，二者可說是互為因果。

最後陳先生提到希臘悲劇理論中的恐怖（似乎譯之為恐懼較為妥當，但是那也無關宏旨）與憐憫。在希臘悲劇裏的主角往往屬於非凡人物，他們所遭受的痛苦亦異乎尋常，也只有不尋常的人物和不尋常的情節方能激起讀者的恐怖感（或者是恐懼感）和憐憫感。當我們讀到丐幫幫主喬峰竟然會是契丹人，定必為此一強者抵受那無情命運的播弄所震慄，這樣一個不平凡的人物面對如此慘絕的命運安排，令我們自覺渺少；又當我們讀到蕭峰一掌打死阿朱，必定有充滿惋惜的痛感而慨嘆：「斯人也而有斯禍也。」

然而《天龍八部》雖則常能激起恐怖與憐憫的感情，但與希臘悲劇大有不同。希臘悲劇中的英雄人物都無力擺脫命運安排，而那些天神又大都是器小易盈、睚眥必報；佛家卻有「重業輕報」之說，故此蕭遠山與慕容博殺孽雖重，一念之間仍得解脫。單就這一點而這，《天龍八部》似乎還比希臘悲劇更勝一籌了。

今世第一人

陳先生的第二封信寫於一九七零年十一月，這信是對金庸小說作一通論。信首陳先生提到在香港與金庸會面，自言「渴欲傾聆，求教處甚多」，可是「座有嘉賓故識，攀談不絕，瞬而午夜更傳，乃有入寶山空手而回之歎。」，於是只能「希必復有剪燭之樂」。可惜大約半年之後，陳先生便撒手塵寰，這個願望也就落空了。

曲洋將《笑傲江湖曲譜》交托令孤沖時的一番說話相當蒼涼，當我第一次「不流讀」此段之時，不禁引動無數聯想：

「……今後縱然世上再有曲洋，不見得又有劉正風，有劉正風，不見得又

有曲洋。就算又有曲洋、劉正風一般的人物，二人又未必生於同時，相遇結交……。」（頁二七四）

此意又令人想起陳子昂詩句：「前不見古人，後不見來者。念天地之悠悠，獨愴然而涕下。」忽爾發一奇想，兩位既通過訊，還見過面，討論過學問，雖則「言未盡於萬一」，又何嘗不是莫大的福緣？再求剪燭之樂，又似乎過於執著了，此意陳先生在天之靈說不定會十分贊同。

信中重述陳先生竟夕講論金庸小說，其文曰：

「……嘗以為其精英之出，可與元劇之異軍突起相比。既表天才，亦關世運。所不同者今世猶只見此一人而已。此意亟與同學析言之，使深為考索，不徒以消閒為事。談及鑑賞，亦借先賢論元劇之名言立意，即王靜安先生所謂『一言以蔽之曰，有意境而已。』於意境王先生復定其義曰，『寫情則沁人心脾，景則在人耳目，述事如出其口。』此語非泛泛，宜與其他任何小說比而驗之，即傳統名作亦非常見，而見於武俠中尤難。蓋武俠中情、景、述事必以離奇為本，能不使之濫易，而復能沁心在目，如出其口，非才遠識博而意高超者不辦矣。藝術天才，在不斷克服文類與材料之困難，金庸小說之大成，此予所以折服也。意境有而復能深且高大，則惟須讀者自身之才學修養，始能隨而見之。細至博奕醫術，上而惻隱佛理，破孽化癡，俱納入性格描寫與故事結構，必亦宜於此處見其技巧之玲瓏，及景界之深，胸懷之大，而不可輕易看過。至其終屬離奇而不失本真之感，則可與現代詩甚至造形美術之佳者互證，真贋之別甚大，識者宜可辨之。此當時講述大意，並稍引例證，然言未盡於萬一，今稍撮述。……」

元曲亦稱詞餘，領有元一代之風騷，陳先生以此喻金庸小說，評價不可謂不高，故此金庸亦要謙遜一番，說道「這樣的稱譽實在是太過份了」。陳先生謂「今世猶只見此一人」亦屬的論，單就武俠小說而言，金庸的成就固然然遠遠地超越了如還珠樓主等的一代人，即就與金庸同期的梁羽生，後來的古龍仍不足與其比肩。

天才世運

金庸小說有很強的政治成分，據說金庸少年時原本希望從政，後來欲進中華人民共和國外交部被拒，這恐怕是為了他的「階級成份」不好罷。然而「塞翁失馬，焉知非福」，金庸的外文水平雖高，但似乎不甚擅於辭令，若任外交官或許不能有今天的成就。金庸在《笑傲江湖》的後記寫道：「參與政治活動，意志和尊嚴不得不有所捨棄，那是無可奈何的。」我猜想金庸少年時的志向是效法「直道而事人」的柳下惠，近年則間有「降志辱身矣，言中倫，行中慮，其斯而已矣」。然而「筆耕的金庸」似乎要比「從政的金庸」成功得多，早些時香港大學以名譽社會科學博士的學位授與金庸，而不是更理所當然的文學博士，主事人未免有點兒糊塗。

金庸少年時雖然未能從政，但是對國家民族的長治久安仍然十分關注，這些意識也就不時在其小說中透露出來。但金庸小說不以宣揚一家一派的政治見解，或販賣廉價的「民族大義」、國仇家恨為務。這些在拙作《話說金庸》中已有專論，不再贅述。

金庸對中國傳統文化愛護甚深，就如國學大師錢穆先生所謂對本國歷史的一種「溫情與敬意」。金庸小說裏面從不將一時一代的治亂簡單地歸功或歸咎於制度，在月旦古人之時沒有如激進文人一般，強以現代人的尺度與眼界去非難古人，金庸小說一再強調掌舵人的質素，而認為許多時一治一亂是取決於人情世俗。金庸曾長期在本港左派機構任事，但並無習染其教條主義的風尚，亦絕不同五四後一些左派文人如巴金、魯迅等人，或一力鞭撻傳統，或斥「禮教」吃人，激進作家能破舊而不能立新，雖能揭發舊社會的一些陰暗面，其實流毒亦深。

如《天龍八部》寫段正明傳位與段譽時的一番叮囑：

「段正明道：『……做皇帝嗎，你只須牢記兩件事，第一是愛民，第二是納諫。你天性仁厚，對百姓是不會暴虐的。只是將來年紀漸老之時，千萬不可自恃聰明，於國事妄作更張，更不可對鄰國擅動刀兵。』」（頁二〇四四）

小說中人物的一言一行，其實許多時反映了作者對世事人情的觀感。當中正面人物的言論，每每就正是作者本人的見解。這番說話，與其說是九百年前在雲南僭稱皇號的小皇朝當中一個統治者的政見，倒不如說是作者透過一個他細心刻劃的仁君，來抒發其對世運升降浮沉的體會。現在讀來，仍有很高的意義。

接下來筆鋒一轉，金庸又再描述宋哲宗趙煦親政作為對比，寫這個德薄位尊、好大喜功的孟浪少年怎樣胡作非為。兩宋之亡，除了因為武備不修之外，其實亦是當國者不察國力，「擅動刀兵」，以致求榮反辱。先是徽欽之世聯金滅遼，反招靖康之恥；後是理宗朝聯蒙滅金，洞開門戶，聽任蒙古人效晉人「假途滅虢」的故智，遂啟崖山之禍。

意境最高，胸懷最大

陳先生又借近人王國維「境界」之說論金庸，王氏《人間詞話》原文：

「大家之作，其言情也必沁人心脾，其寫景也必豁人耳目。其辭脫口而出，無矯揉妝束之態。以其所見者真，所知者深也。詩詞皆然。持此以衡古今之作者，可無大誤矣。」

金庸小說雖間有被人目為「通俗小說」之列，事實上其修辭技巧爐火純青，堪稱雅俗共賞。其辭於雅處則無「矯揉妝束之態」，在俗處則書中人物吐屬皆洽如其分；寫文士則或見儒雅、或見迂闊，寫俠客則或見豪雄、或見飄逸，寫市井則或見渾樸、或見無賴；書中人物言談舉止，栩栩如生，足證作者「所見者真，所知者深」。

如《天龍八部》寫包不同對慕容復曉以大義，面斥其不忠、不孝、不仁、不義，擲地有聲，不幸反遭殺身之禍（頁二〇二三）。鄧百川因之與慕容復決裂：

「……鄧百川長嘆一聲，說道：『我們向來是慕容氏家臣，如何敢冒犯公子爺？古人言道：合則留，不合則去。我們三人是不能再侍候公子。君子絕交，不出惡聲，但願公子爺好自為之。』

……『公子爺不提老先生的名字，倒也罷了；提起老先生來，這等認他人作父、改姓叛國的行逕，又如何對得起老先生？我們確曾向老先生立誓，此生決意盡心竭力，輔佐公子興復大燕、光大慕容氏之名，卻決不是輔佐公子去興旺大理、光大段氏的名頭。』」（頁二〇二五）

我其實不甚喜歡包不同，與倪匡先生不喜阿珂一般，以包不同對段譽無禮之故（我對「小段皇爺」之景仰略近於倪先生之厚愛「撫遠大將軍鹿鼎公」）。孔子謂：「君使臣以禮，臣事君以忠。」而鄧百川、公冶乾、包不同、風波惡四人皆古道熱腸，大有國士之風，在在令人為之心折。其沁心在目之功，豈非「才遠識博而意高超」耶？

若然一定要批評一下，反而間有遣辭過於馴雅。例如《笑傲江湖》謂「令狐沖讀書不多」（頁七八二），但寫武當山腳下與沖虛道人的一番話又未免太雅。當時沖虛批評岳不群「外貌謙和，度量卻嫌不廣」，令狐沖的反應是：

「……當即站起，說道：『恩師待晚輩情若父母，晚輩不敢聞師之過。』」（頁一〇七七）

言語發自心聲，辭令寄於學問，令狐沖此語不亢不卑，對沖虛又不失恭敬，與「讀書不多」的背景就似乎不大吻合。

小說創作以塑造人物最難，作者大可以一廂情願的解說書中人物的性格如何如何，但若「所見不真，所知不深」，寫出來的人物情節就無說服力，無真實感了。金庸小說中人物吐屬對白匠心獨運，主要角色固然出色，連許多配角的性情都躍然紙上。

如寫黃藥師精研奇門五行之術，自然要拿《周易》來做文章，寥寥幾筆即可見作者功力之深：

「黃蓉知道依這莊園的方位建置，監人的所在必在離上震下的《噬嗑》之位，《易經》曰：『噬嗑，亨，利用獄。』『象曰：雷電，噬嗑，先王以明罰敕法。』她父親黃藥師精研其理，閒時常與她講解指授。她想這園構築雖奇，其實明眼人一看便知，那及得上桃花島中陰陽變化、乾坤倒置的奧妙？在桃花島，禁人的所在反而在乾上兌下的『履』位，取其『履道坦坦，幽人貞吉』之義，更顯主人的氣派。」（頁五三二）

六十四卦圓圖是「宋易學派」中圖書家的闡釋，金庸常將六十四卦方位用在武打設計。易卦用於「奇門」一般以九宮八卦為主，我們倒不必深究「噬嗑」與「履」的方位何在，但既說黃藥師「精研奇門五行」，總得要拿點「真憑實據」出來。金庸本人未必便「精研奇門五行」，但抄亦要抄得有技巧，拿《周易》經傳來做文章，渾然天成，令人拍案叫絕。所謂「幽人」是指被幽禁之人，表面上「雅主原無強留俗客之意」，雖然口是心非，但亦於此處見其氣度恢宏。

陳先生又謂金庸小說中意境高深，必須讀者以本身才學去領略。我不敢說自己有多大的「才學修養」，但自初次讀金庸小說到今天，套用「烏生魚湯」小玄子的話，多年以來倒不是只「吃飯不管事」（頁一七九三），也曾多讀了幾本書、多認了幾個字。對於這點，正所謂「如人飲水，冷暖自知」，諸君如隔一段時間重讀金庸小說一次，當有會心。

金庸小說常以諸般雜學為題材，陳先生特別提及「博奕」與「醫術」，只是略舉一二而已。

以博奕為題材的情節以《天龍八部》中擂鼓山上的珍瓏最佳。函谷八友的老二范百齡「精研圍棋數十年，實是此道高手」，但算得幾下就口噴鮮血。他師父聰辯先生蘇星河說道：

「這局棋原是極難，你天資有限，雖然棋力不弱，卻也多半解不開……」（頁一三一三）

這番話好像說來胡塗，范百齡既是「精研此道數十年的高手」，棋力又復不弱，天資卻竟然有限，可不是自相矛盾嗎？假如他天資有限，又豈能成為高手呢？常言道「勤能補拙」，那麼范百齡算是「勤能補拙」，還是「勤不補拙」呢？作者是深得個中「三昧」，便由蘇星河來解釋其中的道理：

「玄難大師精通禪理，自知禪宗要旨，在於『頓悟』。窮年累月的苦功，未必能及具有宿根慧心之人的一見即悟。棋道也是一般，才氣橫溢的八九歲小兒，

棋枰上往往能勝一流高手……」（頁一三一四）

那麼「勤能補拙」這個「傳統智慧」又是對是錯呢？我想不能一概而論，有些學問技術需要創造力、領悟力與及大量的抽象思維，天賦不足的人也就難成大器；但亦有一些主要是一板一眼的依樣葫蘆，鬥志頑強而資質略有欠缺的人就可以勤補拙了。

但是世上完全不需要創造力、領悟力和抽象思維的學問技術畢竟所在無多，故此天資出眾的人還是比較佔便宜的。那麼先天資質是否一定就比後天努力重要呢？這又未必盡然，有天賦而不用功，仍是不能成材。

段譽天資聰慧，學武必可有成，但為人愛心太重，所以不肯學武，只是身不由己，胡裏胡塗的得了一身武功。蕭峰初與段譽相識時說過：

「賢弟身具如此內力，要學上乘武功，那是如同探囊取物一般，絕無難處。」（頁五八四）

關鍵就在「探囊」二字，取物雖易，但是不探囊則不可得物，道理就是這般的顯淺。大多數學問必須天資，若單憑努力，成為專家則可，那就是「勤能補拙」；但要開宗立派，成為一代宗師則不能。至於難度最高的就既要天資，又要窮年累月的苦功。故此范百齡棋力雖高，終究不能成為一派宗師。

金庸小說中談及醫術的，則以《倚天屠龍記》最多。至於引用經絡學說作為點穴功夫和內功修練的情節，更是金庸小說的重要元素，集中多不勝數。技擊家以指力點拿對手穴道，原是十分霸道的功夫，受者非死即傷，決不如小說中的描述，這一點已有醫家論及，故在此不再贅論。金庸小說中說及中國傳醫術的部份取材甚豐，談不上有大的發明，但讀者亦可從中多知悉一點中醫常識。

「惻隱佛理，破癡化孽」

說到「惻隱佛理，破癡化孽」，其實正好是金庸小說的一大特色，只是在《天龍八部》一書中以最多的篇幅解說佛理，可說是不勝枚舉，俯拾即是。如寫少林寺藏經閣的無名高僧點化蕭遠山與慕容博處即可見一斑。老僧憶述當日情境：

「居士（蕭遠山）全副精神貫注在武學典籍之上，心無旁騖，自然瞧不見老僧。記得居士第一晚來閣中借閱的，是一本『無相劫指譜』，唉！從那晚起，居士便入了魔，可惜，可惜！」（頁一八一三）

「……居士（慕容博）來到藏經閣中，將我祖師的微言法語、歷代高僧的語錄心得，一概棄如敝屣，挑到一本『拈花指法』，卻如獲至寶。昔人買櫝還珠，貽笑千載。兩位居士乃當世高人，卻也作此愚行。唉，於己於人，都是有害無益。」（頁一八一四）

這番說話還未算最高明，接下來金庸匠心獨運，提出層次更高、義理更深的「理據」：

「……佛門弟子學武，乃在強身健體，護法伏魔。修習任何武功之時，總是心存慈悲仁善之念。倘若不以佛學為基，則練武之時，必定傷及自身。……如果所練的只不過是……外門功夫……只須身子強壯，儘自抵禦得住……

……但如練的是本派上乘武功，例如拈花指、多羅葉指、般若掌之類，每日不以慈悲佛法調和化解，則戾氣深入臟腑，愈陷愈深，比之任何外毒都要厲害百倍。大輪明王原是我佛門弟子，精研佛法，記誦明辨，當世無雙，但如不存慈悲布施、普渡眾生之念，雖然典籍淹通，妙辯無礙，卻終不能消解修習這些上乘武功時所鍾的戾氣。

……是以每一項絕技，均須有相應的慈悲佛法為之化解。……只是一人練到四五項絕技之後，在禪理上的領悟，自然而然的會受到障礙。在我少林派，那便叫做武學障』，與別宗別派的『知見障』道理相同。……

……自然也有人佛法修為不足，卻要強自多學上乘武功的，但練將下去，不是走火入魔，便是內傷難愈。……」（頁一八一五至一八一七）

雖然所謂「少林派七十二門絕技」、以及武功與佛法的關係全都是作者杜撰，讀者若不細心玩味，「讀流了」，就很容易錯過了當中的微言大義。佛家與儒家的境界故然高低不同，但亦有可相互印證之處。即使讀者不是佛徒，信儒不信佛，只要從另一個角度來看，把「武學」轉成世俗間的才學技能，把「慈悲佛法」換作儒家的仁、義、禮、智、信，便可見其都是一般的絲絲入扣。

老僧雖在解說佛法，但是借以闡釋儒學，試問誰曰不宜？世俗間任何一門才藝學術，何嘗不需用道德操守作後盾？操術者若然心術不正，則本領越高，禍世亦越烈。如醫者身懷高藝而無濟世之心，一力以聚斂為務，即如「走火入魔」。要知術亦有時而窮，故孔子謂：「驥不稱其力，稱其德也。」試看古往今來的亂臣賊子，禍世奸雄有那一個不是有點過人的才智，「德勝才為君子，才勝德為小人」，信焉！

又如寫少林派的玄痛大徹大悟，「放下屠刀，立地成佛」，佛弟子讀之想必歡喜讚歎。先是玄痛中了游坦之的寒毒掌，一肚子悶氣無處宣洩。碰上了「函谷八友」，一時間便動了無明，痛施殺手。金庸就借「函谷八友」的老三書獃子苟讀的口，引用高僧鳩摩羅什的偈句了來點化了玄痛：

「……你佛家大師，豈不也說『仁者』？天下的道理，都是一樣的。我勸你還是回頭是岸，放下屠刀罷！」（頁一二六三）

「放下屠刀」，「回頭是岸」這些成語是人所共知，人人都會講，平日聽來，任誰都難有會心。但在此時此地入於玄痛的耳中，卻有如醍醐灌頂，故此玄痛就得以立時「妙悟真如，往生極樂」了。此即陳先生所謂：「惻隱佛理，破孽化癡，俱納入性格描寫與故事結構」，其「技巧玲瓏」一語，實非虛言。

至於寫鳩摩智的開悟，其實亦道盡了「知易行難」的真諦，說法是一理，修行卻是另一理。以「說食不飽」之故：

「……（鳩摩智）武功佛學，智計才略，莫不雄長西域，冠冕當時，怎知竟會葬身於污泥之中。人孰無死？然如此死法，實在太不光采。佛家觀此身猶似臭皮囊，色無常，無常是苦，此身非我，須當厭離，這些最基本的佛學道理，鳩摩智登壇說法之時，自然妙慧明辯，說來頭頭是道，聽者無不歡喜讚嘆。但此刻身入枯井，頂壓巨巖，口含爛泥，與法壇上檀香高燒、舌燦蓮花的情境，畢竟大不相同，什麼涅槃後的常樂我淨、自在無礙，盡數拋到了受想行識之外，但覺五蘊皆實，心有掛礙，生大恐怖，揭諦揭諦，波羅僧揭諦，不得渡此泥井之苦厄矣。」（頁一九一二）

而孔子謂：「有德者，必有言；有言者，不必有德。」也就是這個道理。

佛家認為各種神通都落於下乘，在武俠小說的世界裏武功就是一切，超凡入聖的武藝如同各式各樣的神通。鳩摩智強練易筋經，眼看就要走火入魔，一身內力卻被段譽胡裏胡塗的吸去，但是塞翁失馬，焉知非福？這『武學障』立時除盡，方得大徹大悟。

「鳩摩智半晌不語，又暗一運氣，確知數十年的艱辛修為已然廢於一旦。他原是個大智大慧的人，佛學修為亦是十分睿深，只因練了武功，好勝之心日盛，向佛之心日淡，至有今日之事。他坐在污泥之中，猛地省起：『如來教導佛子，第一是要去貪、去愛、去取、去纏，方有解脫之望。我卻一無能去，名韁利鎖，將我緊緊繫住。今日武功盡失，焉知不是釋尊點化，叫我改邪歸正，得以清淨解脫？』他回顧數十年來的所作所為，額頭汗水涔涔而下，又是慚愧，又是傷心。」（頁一九三六）

若將鳩摩智的武功看成現實世界中的名利權位一般，豈不是同樣的發人深省嗎？金庸小說每多闡揚「儒釋道」三家的精粹，而《天龍八部》說佛法最多，「景界之深，胸懷之大」，實無愧於「當世只此一人」的評價！

最後我要坦白的承認對於現代詩與造形美術是個不折不扣的門外漢，既非「識者」，自無「辨之」的能耐，濫竽充數恐怕也要到此為止。我亦不甚喜讀現代詩，以其不甚重聲韻、不易諷頌之故；至於造形美術則不論書畫雕塑皆偏愛於工筆、寫實一路，實不敢亂引例證。

我本人並未信佛，對佛學其實亦所知無多。不自量力，試圖闡揚陳先生的高見，只為拋磚引玉。但礙於才識所限，所舉例證淺陋難免，實恐有乖陳先生的旨趣。陳先生大概於三十年多前開始講論金庸小說，當時坐上的「青年朋友」今天想必已是登峰造極的學者，若然昔日有幸得聆陳先生說法的朋友有緣看到鄙人的淺見，實在渴望他們能夠指正我幼稚的觀點，庶幾可傳陳先生的真知灼見也。

錄自潘國森《總論金庸》（一九九四）第一章

附錄二：《金剛經》

《金剛經》簡介：

《金剛經》全名為《金剛般若波羅蜜經》，藏文又名《般若三百頌》，屬大藏經的經部。本經以金剛比喻般若智慧，波羅蜜是到彼岸的意思，即依如金剛般堅固的般若智慧，能摧毀我法二執，永出三界，到達智慧彼岸獲得大安樂涅槃的果位。

《金剛經》有多種漢譯本，而古今流傳最廣的當首推本書的鳩摩羅什大師的譯本。此經以大師真實語的加持，無幽不顯，無微不彰，文辭簡潔流暢，歷代持誦者多有效驗。《金剛經》的功德不可思議，有緣見到它、聽到它、接觸它的人，皆能迅速斬斷痛苦之根，到達永恒安樂的彼岸。

《金剛經》詮釋的是中觀最究竟的觀點，有了這個基礎，大圓滿、大手印的境界也就很容易得到了。

（節錄心一堂出版的索達吉堪布仁波切著《金剛經釋》簡介）

金剛般若波羅蜜經

姚秦三藏法師 鳩摩羅什譯

如是我聞。一時，佛在舍衛國祇樹給孤獨園，與大比丘眾千二百五十人俱。爾時，世尊食時，著衣持鉢，入舍衛大城乞食。於其城中，次第乞已，還至本處。飯食訖，收衣鉢，洗足已，敷座而坐。

時，長老須菩提在大眾中即從座起，偏袒右肩，右膝著地，合掌恭敬而白佛言：「希有！世尊！如來善護念諸菩薩，善付囑諸菩薩。世尊！善男子、善女人，發阿耨多羅三藐三菩提心，應云何住？云何降伏其心？」

佛言：「善哉，善哉。須菩提！如汝所說：如來善護念諸菩薩，善付囑諸菩薩，汝今諦聽！當為汝說：善男子、善女人，發阿耨多羅三藐三菩提心，應如是住，如是降伏其心。」

「唯然。世尊！願樂欲聞。」

佛告須菩提：「諸菩薩摩訶薩應如是降伏其心！所有

一切眾生之類：若卵生、若胎生、若濕生、若化生；若有色、若無色；若有想、若無想、若非有想非無想，我皆令入無餘涅槃而滅度之。如是滅度無量無數無邊眾生，實無眾生得滅度者。何以故？須菩提！若菩薩有我相、人相、眾生相、壽者相，即非菩薩。

「復次，須菩提！菩薩於法，應無所住，行於布施，所謂不住色布施，不住聲香味觸法布施。須菩提！菩薩應如是布施，不住於相。何以故？若菩薩不住相布施，其福德不可思量。

「須菩提！於意云何？東方虛空可思量不？」

「不也，世尊！」

「須菩提！南西北方四維上下虛空可思量不？」

「不也，世尊！」

「須菩提！菩薩無住相布施，福德亦復如是不可思量。須菩提！菩薩但應如所教住。」

「須菩提！於意云何？可以身相見如來不？」

「不也，世尊！不可以身相得見如來。何以故？如來所說身相，即非身相。」

佛告須菩提：「凡所有相，皆是虛妄。若見諸相非相，即見如來。」

須菩提白佛言：「世尊！頗有衆生，得聞如是言說章句，生實信不？」

佛告須菩提：「莫作是說。如來滅後，後五百歲，有持戒修福者，於此章句能生信心，以此為實，當知是人不於一佛二佛三四五佛而種善根，已於無量千萬佛所種諸善根，聞是章句，乃至一念生淨信者，須菩提！如來悉知悉見，是諸眾生得如是無量福德。何以故？是諸眾生無復我相、人相、眾生相、壽者相。

「無法相，亦無非法相。何以故？是諸眾生若心取相，則為著我人眾生壽者。

「若取法相，即著我人眾生壽者。何以故？若取非法相，即著我人眾生壽者，是故不應取法，不應取非法。以是義故，如來常說：汝等比丘，知我說法，如筏喻者，法尚應捨，何況非法。

「須菩提！於意云何？如來得阿耨多羅三藐三菩提耶？如來有所說法耶？」

須菩提言：「如我解佛所說義，無有定法名阿耨多羅三藐三菩提，亦無有定法，如來可說。何以故？如來所說法，皆不可取、不可說、非法、非非法。所以者何？一切賢聖，皆以無為法而有差別。」

「須菩提！於意云何？若人滿三千大千世界七寶以用布施，是人所得福德，寧為多不？」

須菩提言：「甚多，世尊！何以故？是福德即非福德性，是故如來說福德多。」

「若復有人，於此經中受持，乃至四句偈等，為他人說，其福勝彼。何以故？須菩提！一切諸佛，及諸佛阿耨多羅三藐三菩提法，皆從此經出。須菩提！所謂佛、法者，即非佛、法。

「須菩提！於意云何？須陀洹能作是念：『我得須陀洹果』不？」

須菩提言：「不也，世尊！何以故？須陀洹名為入流，而無所入，不入色聲香味觸法，是名須陀洹。」

「須菩提！於意云何？斯陀含能作是念：『我得斯陀含果』不？」

須菩提言：「不也，世尊！何以故？斯陀含名一往來，而實無往來，是名斯陀含。」

「須菩提！於意云何？阿那含能作是念：『我得阿那含果』不？」

須菩提言：「不也，世尊！何以故？阿那含名為不來，而實無不來，是故名阿那含。」

「須菩提！於意云何？阿羅漢能作是念：『我得阿羅漢道』不？」

須菩提言：「不也，世尊！何以故？實無有法名阿羅漢。世尊！若阿羅漢作是念：『我得阿羅漢道』，即為著我人眾生壽者。世尊！佛說我得無諍三昧，人中最為第一，是第一離欲阿羅漢。世尊！我不作是念：『我是離欲阿羅漢』。世尊！我若作是念：『我得阿羅漢道』，世尊則不說須菩提是樂阿蘭那行者！以須菩提實無所行，而名須菩提是樂阿蘭那行。」

佛告須菩提：「於意云何？如來昔在燃燈佛所，於法有所得不？」

「不也，世尊！如來在燃燈佛所，於法實無所得。」

「須菩提！於意云何？菩薩莊嚴佛土不？」

「不也，世尊！何以故？莊嚴佛土者，即非莊嚴，是名莊嚴。」

「是故須菩提，諸菩薩摩訶薩應如是生清淨心，不應住色生心，不應住聲香味觸法生心，應無所住而生其心。

「須菩提！譬如有人，身如須彌山王，於意云何？是身為大不？」

須菩提言：「甚大，世尊！何以故？佛說非身，是名大身。」

「須菩提！如恒河中所有沙數，如是沙等恒河，於意云何？是諸恒河沙寧為多不？」

須菩提言：「甚多，世尊！但諸恒河尚多無數，何況其沙！」

「須菩提！我今實言告汝：若有善男子、善女人，以七寶滿爾所恒河沙數三千大千世界，以用布施，得福多不？」

須菩提言：「甚多，世尊！」

佛告須菩提：「若善男子、善女人，於此經中，乃至受持四句偈等，為他人說，而此福德勝前福德。復次，須菩提！隨說是經，乃至四句偈等，當知此處，一切世間、天、人、阿修羅，皆應供養，如佛塔廟，何況有人盡能受持讀誦。須菩提！當知是人成就最上第一希有之法，若是經典所在之處，即為有佛，若尊重弟子。」

爾時，須菩提白佛言：「世尊！當何名此經？我等云何奉持？」

佛告須菩提：「是經名為《金剛般若波羅蜜》，以是名字，汝當奉持。所以者何？須菩提！佛說般若波羅蜜，即非般若波羅蜜，是名般若波羅蜜。須菩提！於意云何？如來有所說法不？」

須菩提白佛言：「世尊！如來無所說。」

「須菩提！於意云何？三千大千世界所有微塵是為多不？」

須菩提言：「甚多，世尊！」

「須菩提！諸微塵，如來說非微塵，是名微塵。如來說：世界，非世界，是名世界。

「須菩提！於意云何？可以三十二相見如來不？」

「不也，世尊！不可以三十二相得見如來。何以故？如來說：三十二相，即是非相，是名三十二相。」

「須菩提！若有善男子、善女人，以恒河沙等身命布施；若復有人，於此經中，乃至受持四句偈等，為他人說，其福甚多！」

爾時，須菩提聞說是經，深解義趣，涕淚悲泣，而白佛言：「希有，世尊！佛說如是甚深經典，我從昔來所得慧眼，未曾得聞如是之經。世尊！若復有人得聞是經，信心清淨，則生實相，當知是人，成就第一希有功德。世尊！是實相者，即是非相，是故如來說名實相。世尊！我今得聞如是經典，信解受持不足為難，若當來世，後五百歲，其有眾生，得聞是經，信解受持，是人即為第一希有。何以故？此人無我相、無人相、無眾生相、無壽者相。所以者何？我相即是非相，人相、眾生相、壽者相即是非相。何以故？離一切諸相，即名諸佛。」

佛告須菩提：「如是！如是！若復有人，得聞是經，不驚、不怖、不畏，當知是人甚為希有。何以故？須菩提！如來說：第一波羅蜜，即非第一波羅蜜，是名第一波羅蜜。須菩提！忍辱波羅蜜，如來說非忍辱波羅蜜，是名忍辱波羅蜜。何以故？須菩提！如我昔為歌利王割截身體，我於爾時，無我相、無人相、無眾生相、無壽者相。何以故？我於往昔節節支解時，若有我相、人相、眾生相、壽者相，應生瞋恨。須菩提！又念過去於五百世作忍辱仙人，於爾所世，無我相、無人相、無眾生相、無壽者相。是故須菩提！菩薩應離一切相，發阿耨多羅三藐三菩提心，不應住色生心，不應住聲香味觸法生心，應生無所住心。若心有住，即為非住。

「是故佛說：菩薩心不應住色布施。須菩提！菩薩為利益一切眾生故，應如是布施。如來說：一切諸相，即是非相。又說：一切眾生，即非眾生。須菩提！如來是真語者、實語者、如語者、不誑語者、不異語者。

「須菩提！如來所得法，此法無實無虛。須菩提！若菩薩心住於法而行布施，如人入暗，即無所見；若菩薩心不住法而行布施，如人有目，日光明照，見種種色。

「須菩提！當來之世，若有善男子、善女人，能於此經受持讀誦，即為如來以佛智慧，悉知是人，悉見是人，皆得成就無量無邊功德。

「須菩提！若有善男子、善女人，初日分以恒河沙等身布施，中日分復以恒河沙等身布施，後日分亦以恒河沙等身布施，如是無量百千萬億劫以身布施；若復有人，聞此經典，信心不逆，其福勝彼，何況書寫、受持、讀誦、為人解說。

「須菩提！以要言之，是經有不可思議、不可稱量、無邊功德。如來為發大乘者說，為發最上乘者說。若有人能受持讀誦，廣為人說，如來悉知是人，悉見是人，皆得成就不可量、不可稱、無有邊、不可思議功德，如是人等，即為荷擔如來阿耨多羅三藐三菩提。何以故？須菩提！若樂小法者，著我見、人見、眾生見、壽者見，則於此經，不能聽受讀誦、為人解說。

「須菩提！在在處處，若有此經，一切世間、天、人、阿修羅，所應供養；當知此處，則為是塔，皆應恭敬，作禮圍繞，以諸華香而散其處。

「復次，須菩提！善男子、善女人，受持讀誦此經，若為人輕賤，是人先世罪業，應墮惡道，以今世人輕賤故，先世罪業則為消滅，當得阿耨多羅三藐三菩提。

「須菩提！我念過去無量阿僧祇劫，於燃燈佛前，得值八百四千萬億那由他諸佛，悉皆供養承事，無空過者；若復有人，於後末世，能受持讀誦此經，所得功德，於我所供養諸佛功德，百分不及一，千萬億分、乃至算數譬喻所不能及。

「須菩提！若善男子、善女人，於後末世，有受持讀誦此經，所得功德，我若具說者，或有人聞，心則狂亂，狐疑不信。須菩提！當知是經義不可思議，果報亦不可思議。」

爾時，須菩提白佛言：「世尊！善男子、善女人，發阿耨多羅三藐三菩提心，云何應住？云何降伏其心？」

佛告須菩提：「善男子、善女人，發阿耨多羅三藐三菩提心者，當生如是心，我應滅度一切眾生。滅度一切眾生已，而無有一眾生實滅度者。何以故？須菩提！若菩薩有我相、人相、眾生相、壽者相，即非菩薩。所以者何？須菩提！實無有法發阿耨多羅三藐三菩提心者。

「須菩提！於意云何？如來於燃燈佛所，有法得阿耨多羅三藐三菩提不？」

「不也，世尊！如我解佛所說義，佛於燃燈佛所，無有法得阿耨多羅三藐三菩提。」

佛言：「如是，如是。須菩提！實無有法如來得阿耨多羅三藐三菩提。須菩提！若有法如來得阿耨多羅三藐三菩提者，燃燈佛則不與我授記：『汝於來世，當得作佛，號釋迦牟尼。』以實無有法得阿耨多羅三藐三菩提，是故燃燈佛與我授記，作是言：『汝於來世，當得作佛，號釋迦牟尼。』何以故？如來者，即諸法如義。

「若有人言：如來得阿耨多羅三藐三菩提。須菩提！

實無有法，佛得阿耨多羅三藐三菩提。須菩提！如來所得阿耨多羅三藐三菩提，於是中無實無虛。是故如來說：一切法皆是佛法。須菩提！所言一切法者，即非一切法，是故名一切法。

「須菩提！譬如人身長大。」

須菩提言：「世尊！如來說：人身長大，即為非大身，是名大身。」

「須菩提！菩薩亦如是。若作是言：『我當滅度無量眾生』，即不名菩薩。何以故？須菩提！實無有法名為菩薩。是故佛說：一切法無我、無人、無眾生、無壽者。須菩提！若菩薩作是言：『我當莊嚴佛土』，是不名菩薩。何以故？如來說：莊嚴佛土者，即非莊嚴，是名莊嚴。須菩提！若菩薩通達無我法者，如來說名真是菩薩。

「須菩提！於意云何？如來有肉眼不？」

「如是，世尊！如來有肉眼。」

「須菩提！於意云何？如來有天眼不？」

「如是，世尊！如來有天眼。」

「須菩提！於意云何？如來有慧眼不？」

「如是，世尊！如來有慧眼。」

「須菩提！於意云何？如來有法眼不？」

「如是，世尊！如來有法眼。」

「須菩提！於意云何？如來有佛眼不？」

「如是，世尊！如來有佛眼。」

「須菩提！於意云何？如恒河中所有沙，佛說是沙不？」

「如是，世尊！如來說是沙。」

「須菩提！於意云何？如一恒河中所有沙，有如是沙等恒河，是諸恒河所有沙數，佛世界如是，寧為多不？」

「甚多，世尊！」

佛告須菩提：「爾所國土中，所有眾生，若干種心，如來悉知。何以故？如來說：諸心皆為非心，是名為心。所以者何？須菩提！過去心不可得，現在心不可得，未來心不可得。」

「須菩提！於意云何？若有人滿三千大千世界七寶以用布施，是人以是因緣，得福多不？」

「如是，世尊！此人以是因緣，得福甚多。」

「須菩提！若福德有實，如來不說得福德多；以福德無故，如來說得福德多。

「須菩提！於意云何？佛可以具足色身見不？」

「不也，世尊！如來不應以具足色身見。何以故？如來說：具足色身，即非具足色身，是名具足色身。」

「須菩提！於意云何？如來可以具足諸相見不？」

「不也，世尊！如來不應以具足諸相見。何以故？如來說：諸相具足，即非具足，是名諸相具足。」

「須菩提！汝勿謂如來作是念：『我當有所說法。』莫作是念，何以故？若人言：如來有所說法，即為謗佛，不能解我所說故。須菩提！說法者，無法可說，是名說法。」

爾時，慧命須菩提白佛言：「世尊！頗有眾生，於未來世，聞說是法，生信心不？」

佛言：「須菩提！彼非眾生，非不眾生。何以故？須菩提！眾生眾生者，如來說非眾生，是名眾生。」

須菩提白佛言：「世尊！佛得阿耨多羅三藐三菩提，

為無所得耶？」

佛言：「如是，如是。須菩提！我於阿耨多羅三藐三菩提乃至無有少法可得，是名阿耨多羅三藐三菩提。」

「復次，須菩提！是法平等，無有高下，是名阿耨多羅三藐三菩提；以無我、無人、無眾生、無壽者，修一切善法，即得阿耨多羅三藐三菩提。須菩提！所言善法者，如來說即非善法，是名善法。

「須菩提！若三千大千世界中所有諸須彌山王，如是等七寶聚，有人持用布施；若人以此《般若波羅蜜經》，乃至四句偈等，受持讀誦、為他人說，於前福德百分不及一，百千萬億分，乃至算數譬喻所不能及。

「須菩提！於意云何？汝等勿謂如來作是念：『我當度眾生。』須菩提！莫作是念。何以故？實無有眾生如來度者，若有眾生如來度者，如來即有我人眾生壽者。須菩提！如來說：『有我者，即非有我，而凡夫之人以為有我。』須菩提！凡夫者，如來說即非凡夫，是名凡夫。」

「須菩提！於意云何？可以三十二相觀如來不？」

須菩提言：「如是！如是！以三十二相觀如來。」

佛言：「須菩提！若以三十二相觀如來者，轉輪聖王即是如來。」

須菩提白佛言：「世尊！如我解佛所說義，不應以三十二相觀如來。」

爾時，世尊而說偈言：

「若以色見我　以音聲求我　是人行邪道　不能見如來

「須菩提！汝若作是念：『如來不以具足相故，得阿耨多羅三藐三菩提。』須菩提！莫作是念：『如來不以具足相故，得阿耨多羅三藐三菩提。』

「須菩提！汝若作是念，發阿耨多羅三藐三菩提心者，說諸法斷滅。莫作是念！何以故？發阿耨多羅三藐三菩提心者，於法不說斷滅相。

「須菩提！若菩薩以滿恒河沙等世界七寶，持用布施；若復有人知一切法無我，得成於忍，此菩薩勝前菩薩所得功德。何以故？須菩提！以諸菩薩不受福德故。」

須菩提白佛言：「世尊！云何菩薩不受福德？」

「須菩提！菩薩所作福德，不應貪著，是故說不受福德。」

「須菩提！若有人言：如來若來若去、若坐若臥，是人不解我所說義。何以故？如來者，無所從來，亦無所去，故名如來。」

「須菩提！若善男子、善女人，以三千大千世界碎為微塵，於意云何？是微塵眾寧為多不？」

須菩提言：「甚多，世尊！何以故？若是微塵眾實有者，佛即不說是微塵眾，所以者何？佛說：微塵眾，即非微塵眾，是名微塵眾。世尊！如來所說三千大千世界，則非世界，是名世界。何以故？若世界實有，即是一合相。如來說：一合相，即非一合相，是名一合相。」

「須菩提！一合相者，則是不可說，但凡夫之人貪著其事。

「須菩提！若人言：佛說我見、人見、眾生見、壽者見。須菩提！於意云何？是人解我所說義不？」

「不也，世尊！是人不解如來所說義。何以故？世尊說：我見、人見、眾生見、壽者見，即非我見、人見、眾生見、壽者見，是名我見、人見、眾生見、壽者見。」

「須菩提！發阿耨多羅三藐三菩提心者，於一切法，應如是知，如是見，如是信解，不生法相。須菩提！所言法相者，如來說即非法相，是名法相。

「須菩提！若有人以滿無量阿僧祇世界七寶持用布施，若有善男子、善女人，發菩提心者，持於此經，乃至四句偈等，受持讀誦，為人演說，其福勝彼。云何為人演說，不取於相，如如不動。何以故？

「一切有為法　如夢幻泡影　如露亦如電　應作如是觀」

佛說是經已，長老須菩提及諸比丘、比丘尼、優婆塞、優婆夷、一切世間、天、人、阿修羅，聞佛所說，皆大歡喜，信受奉行。